Giorgio Bassani
Hinter der Tür

SERIE PIPER
Band 386

Zu diesem Buch

Schauplatz dieses Romans ist eine Schule, genauer, ein Gymnasium. Für viele bedeutet es die Hölle, in der es Auserwählte und Zurückgestoßene gibt. Der jugendliche Held sieht die unerreichbare, magische Welt der Auserwählten in Carlo Cattolica verkörpert und umwirbt ihn. Seine Freundschaft wird zurückgewiesen. So schließt er sich an den unsympathischsten Schulkameraden an, als wolle auch er die Herrschaft über einen Menschen gewinnen. Aber der neue Freund, ein doppelgesichtiges, rätselhaftes Wesen, verstrickt ihn Schritt für Schritt in größere Intimität. Seine Berichte von erotischen Begegnungen, die er belauscht hat, zerstören die kindlichen Vorstellungen seines Freundes für immer. Tiefgetroffen wird sich dieser seiner verlorenen Unschuld bewußt – nie wieder wird er seine Umwelt sehen können wie vordem.
»Unter den lebenden Erzählern könnte nur noch Julien Green eine solche Verbindung von Zartgefühl und (scheinbar) unbemühter Schlichtheit treffen. Aber Bassani ist ein Julien Green ohne die Rückendeckung des Glaubens. Er unternimmt seinen Rückzug in die vielgeschmähte Innerlichkeit ganz auf eigene Rechnung und tut damit – so paradox liegen die Dinge heute – eher einen Schritt nach vorn, nämlich auf eine Literatur zu, die die Welt nicht nur vermessen will, sondern bereit ist, sie auch in den Antworten zu erkennen und anzuerkennen, die das Innere erteilt, und mögen diese noch so unsicher und schwankend sein.«

Günter Blöcker

Giorgio Bassani, am 4. März 1916 in Bologna geboren, lebte bis 1943 in seiner Vaterstadt Ferrara. Studierte in Bologna Literatur und Kunstgeschichte. Gymnasiallehrer in Neapel; 1943 als Antifaschist verhaftet. Seit Kriegsende in Rom ansässig. Mitarbeit bei verschiedenen Verlagen und beim Rundfunk; Herausgeber mehrerer Zeitschriften, unter anderem 1948–60 der »Botteghe Oscure«. Ab 1957 Professor an der Schauspielakademie in Rom. Erhielt den Premio Strega, den Premio Viareggio, den Premio Campiello und den Nelly-Sachs-Preis der Stadt Dortmund.

Giorgio Bassani
Hinter der Tür

Roman

Aus dem Italienischen von
Herbert Schlüter

Piper
München Zürich

Die Originalausgabe erschien 1956 unter dem Titel
»Dietro la porta« im Verlag Giulio Einaudi, Turin;
in der einbändigen Werkausgabe (»Il romanzo di Ferrara«,
Arnoldo Mondadoni, Mailand 1980)
enthalten als viertes Buch unter dem Titel
»Dietro la porta«.

Von Giorgio Bassani liegen in der Serie Piper bereits vor:
Die Gärten der Finzi-Contini (314)
Die Brille mit dem Goldrand (417)
Ferrareser Geschichten (430)
Der Reiher (630)
Der Geruch von Heu (693)

ISBN 3-492-10386-3
Neuausgabe April 1986
3. Auflage, 19.–21. Tausend November 1988
(2. Auflage, 9.–11. Tausend dieser Ausgabe)

Umschlag: Federico Luci,
unter Verwendung eines Fotos von Olpa, Düsseldorf
Satz: Presse-Druck, Augsburg
Druck und Bindung: Clausen & Bosse, Leck
Printed in Germany

Für Cesare Gàrboli

Ah, Seigneur! donnez-moi la force et le courage
de contempler mon cœur et mon corps sans dégout!

Baudelaire

I

Ich bin in meinem Leben oft unglücklich gewesen, als kleines Kind, als Knabe, als Heranwachsender und schließlich als Erwachsener, und meine Verzweiflung hat oft den äußersten Punkt erreicht. Aber ich kann mich an keine Zeit erinnern, die schwärzer für mich gewesen wäre als die Monate vom Oktober 1929 bis zum Juni 1930, während ich die erste Klasse des ›Liceo‹, der Oberstufe des Gymnasiums, besuchte. All die Jahre danach haben daran im Grunde nichts ändern können. Sie konnten mir einen Schmerz nicht nehmen, der wie eine verborgene Wunde blieb, weiterblutend im geheimen. Heilung? Befreiung? Ich weiß nun, daß sie nicht möglich sind. Wenn ich heute doch darüber schreibe, dann allein in der Hoffnung, die Dinge verstehen und verständlich machen zu können. Etwas anderes strebe ich nicht an.

Von Anfang an fühlte ich mich unbehaglich, ja vollkommen entwurzelt. Ich mochte unser neues Klassenzimmer nicht. Es lag am Ende eines düsteren Korridors, weit entfernt von dem anheimelnden, so vertrauten Gang des ›Ginnasio‹, der Unterstufe des Gymnasiums, mit seinen dreizehn Klassentüren. Ich mochte unsere neuen Lehrer nicht, die mit ihrer distanzierten, ironischen Art jedes Vertrauen, jedes persönliche Verhältnis unmöglich machten (sie alle siezten uns), wenn sie nicht gar – wie der Professor für Latein und Griechisch, Guzzo, oder die Krauss, unsere Professorin für Chemie und Naturkunde – für die nächste Zukunft die Härte und Strenge wahrer Kerkermeister verhießen. Ich mochte unsere neuen Mitschüler nicht, die von der ›Fünf a‹ kamen und der wir, von der ›Fünf b‹, angegliedert worden waren. Mir schienen sie grundverschieden von uns, vielleicht tüchtiger, vielleicht schöner und, im großen und ganzen, aus besseren Familien als wir, aber jedenfalls hoffnungslos fremd. Und ich konnte die vielen unter uns von der alten ›Fünf a‹ nicht verstehen oder gar entschuldigen, die im Gegensatz zu mir sogleich Anschluß an die Neuen suchten und, wie ich zu meiner Bestürzung erkannte, durch Erwiderung der Sympathien, durch die gleiche unbefangene Verträglichkeit, wie sie sie ihnen entgegenbrachten, belohnt wurden. Ist das möglich? fragte ich mich, verstimmt und eifersüchtig. In meiner Treue zur alten Klasse wollte ich am liebsten, daß auch hier noch, in der Oberstufe, eine Art unsichtbarer Demarkationslinie alle, die von der ›Fünf b‹ kamen, von denen aus der früheren ›Fünf a‹ schied, um jeden Verrat und jede Korruption in unseren Reihen auszuschließen. Und wie grausam hatte ich mich in meiner lächerlichen Anhänglichkeit gleich am ersten Tage verletzt gefühlt, als ich von weitem den geliebten Professor Meldolesi, der uns in der ›Fünften‹ in Literaturgeschichte unterrichtet hatte, an der Spitze seiner neuen ›Vierten‹ auf dem für uns nun verbotenen Korridor des ›Ginnasio‹ verschwinden sah. Aber am bittersten war für mich folgender Umstand: Otello Forti, der von der Grundschule an immer neben mir gesessen hatte, war bei der Abschlußprüfung der Unterstufe durchgefallen. (Ich selbst mußte die Prüfung in Mathematik im Oktober wiederholen, aber Forti hatte im Oktober, obwohl er nur die Englisch-Prüfung noch einmal machen mußte, endgültig versagt.) Das hieß nicht nur, daß er nun nicht mehr wie seit jeher an meiner rechten Seite saß, sondern auch, daß ich mit ihm außerhalb der Schule nicht mehr zusammenkommen konnte. Nicht am Mittag, wenn wir gemeinsam von der Schule aus den Heimweg über den Corso Giovecca antraten, nicht am Nachmittag zum Fußballspiel auf dem Montagnone oder – und dies vor allem – nicht mehr bei ihm zu Hause, in diesem schönen, großen, fröhlichen Haus, in dem es so viele Brüder, Schwestern, Vettern und Basen Otellos gab und in dem ich so viele Stunden verbracht hatte. Denn der arme Otello, der den Schmerz über die Ungerechtigkeit, daß man ihn hatte durchfallen lassen, nicht verwand, hatte seinen Vater gebeten, die fünfte Klasse in Padua in einem Internat der Barnabiten, das den Staatsschulen gleichgestellt war, wiederholen zu dürfen. Und ohne Otello, ohne daß ich seinen massiven, ein wenig schwerfälligen Körper – so viel stärker und schwerer als der meine – neben mir spürte, ohne die Herausforderung, ja auch den Ärger, den mir seine zurückhaltende Art bedeutete, seine grobe, ironische und im Grunde so herzliche Art, wann immer wir zusammen, bei mir oder bei ihm, unsere Schularbeiten machten, ohne Otello empfand ich vom ersten Tage an den anhaltenden Schmerz des Verwaisten: das Gefühl eines durch nichts auszufüllenden Vakuums. Was wollte es da besagen, daß er mir schrieb und mit überraschender Wortgewandtheit (ich hatte ihn nie für sehr intelligent gehalten) sein Gefühl für mich in seine Briefe strömen ließ? Was machte es aus, daß ich ihm mit nicht geringeren Freundschaftsbeteuerungen antwortete? Ich besuchte jetzt das ›Liceo‹, und er ging noch immer ins ›Ginnasio‹ – ich in Ferrara, er in Padua. Das war die unabänderliche Wirklichkeit, die er sich mit dem Mut, der Einsicht und der plötzlichen Reife des Unterlegenen noch deutlicher bewußt machte als ich. Weihnachten sehen wir uns wieder, schrieb ich ihm. Worauf er antwortete: Ja, Weihnachten, also in zweiundeinhalb Monaten, würden wir uns vermutlich wiedersehen (vorausgesetzt allerdings – er hatte es sich selber geschworen –, daß er in allen Fächern eine ausreichend gute Zensur erhielt, was nun keineswegs so sicher war!); doch würden zehn gemeinsam verlebte Tage an unserer Situation nichts ändern. Er schien mir raten zu wollen: Los, vergiß mich, such dir einen anderen Freund – falls du nicht schon einen gefunden hast. – Nein, das Briefeschreiben nützte recht wenig. So daß wir tatsächlich bereits nach den Feiertagen von Anfang November – Allerheiligen, Allerseelen und dem Siegesgedenktag – in stillschweigendem Einverständnis beide damit aufhörten.

Ich hatte das Bedürfnis, meiner Unzufriedenheit Luft zu machen und ihr deutlich Ausdruck zu geben. So verzichtete ich am ersten Schultag bewußt darauf, mich am Sturm auf die bevorzugten Bänke zu beteiligen – das heißt auf jene, die dem Katheder am nächsten standen –, wie ihn meine Mitschüler stets zu Beginn eines neuen Schuljahres unternahmen. Das überließ ich den anderen, denen von der alten ›Fünf b‹ wie denen von der ›Fünf a‹, und blieb auf der Schwelle zum Klassenzimmer stehen, von wo aus ich angewidert die Szene beobachtete. Schließlich setzte ich mich nach hinten, auf die letzte Bank in der für die Mädchen bestimmten Reihe, nahe dem Fenster in der Ecke. Es war die einzige leer gebliebene Bank, eine große Bank, meiner mittelgroßen Statur nur schlecht angepaßt, dafür aber um so mehr meinem Wunsch nach Selbstverbannung. Wer weiß, wieviel lange Kerle hier schon vor mir gesessen hatten, die ein Schuljahr wiederholen mußten! Ich las die Inschriften, die meine Vorgänger mit dem Taschenmesser tief in den Lack der schrägen Tischfläche eingeritzt hatten – zumeist Beschimpfungen des ›Lehrkörpers‹, insbesondere des Direktors, der Turolla hieß, aber den Spitznamen ›Halber Liter‹ führte –, und als ich dann meinen Blick über die etwa dreißig Hinterköpfe vor mir gleiten ließ, fühlte ich Bitterkeit in mir aufsteigen. Zwar quälte mich noch immer der Makel meines Mißerfolgs in Mathematik, und ich konnte es kaum erwarten, die Scharte auszuwetzen, um wieder zu den Begabten und Intelligenten zu zählen: dennoch verstand ich zum erstenmal, was die Faulpelze auf den hintersten Bänken fühlten. Die Schule als Gefängnis gesehen, mit dem Direktor als Gefängnisvorstand, den Professoren als Wärtern und den Mitschülern als Sträflingen – kurz, als eine Welt, in die man keineswegs, zu begeisterter Mitarbeit bereit, sich einzufügen suchte, sondern die man sabotierte und schlechtmachte, wo man nur konnte. Wie gut verstand ich jetzt den Geist anarchischer Verachtung, den ich immer schon in der Grundschule mit furchtsamem Schaudern aus dem Hintergrund des Klassenzimmers hatte wehen spüren!

Ich sah mich in der Klasse um und lehnte ab: alle und alles. Die Mädchen in ihren unvorteilhaften schwarzen Schulschürzen zählten als Frauen überhaupt nicht. Die vier auf den beiden ersten Bänken (sie kamen aus der ›Fünf a‹) waren lächerlich klein und schienen mit ihren dünnen Zöpfen, die ihnen auf den schmächtigen Rükken herabhingen, geradenwegs aus dem Kindergarten zu kommen. Wie hießen sie doch? Ihre Familiennamen endeten jedenfalls alle auf ›-ini‹, so ähnlich wie Bergamini, Bolognini, Santini, Scanavini, Zaccarini; Namen, die allein durch ihren Klang an Familien des allerkleinsten Bürgertums erinnerten, an die Inhaber von Kurzwaren- oder Lebensmittelgeschäften, an Buchdrucker, städtische Angestellte, Vertreter und dergleichen mehr. Die beiden auf der dritten Bank, die Cavicchi und die Gabrieli — die erste schrecklich dick, die zweite so dünn, daß man beinahe durch sie hindurchsehen konnte, mit einem Gesicht voller Pusteln, von verwaschenem Ausdruck, dem Gesicht einer unverheirateten Dreißigjährigen — waren allein von dem Dutzend Mädchen aus der ›Fünf b‹ übriggeblieben. Es waren gewiß die beiden häßlichsten — zwei farblose, geschlechtslose Büfflerinnen, die einmal Apothekerin oder Lehrerin werden sollten und so unpersönlich wie Dinge, wie bloße

Gegenstände anzusehen waren. Die letzten auf der vierten und fünften Bank – die Balboni und Jovine auf der vierten, die Manoja allein auf der fünften – kamen von außerhalb: die Balboni vom Lande (man sah es – die Ärmste! – nur allzu gut an ihrer Kleidung; ihre Mutter war Dorfschneiderin und – was lag näher? – schneiderte die Kleider für sie); die Jovine aus Potenza und die Manoja aus Viterbo, vermutlich Töchter von Beamten der Provinzialverwaltung oder Staatsbahn, die wegen besonderer Verdienste nach Oberitalien versetzt worden waren. Es war schon ein rechtes Elend! Mußten Frauen, wenn sie es mit dem Studium ernst nahmen, wirklich so sein: Betschwestern ähneln, geduckt und farblos (übrigens waren sie auch nicht besonders gut gewaschen, diese Mumien, nach dem Mief zu urteilen, den sie ausströmten!), während man Schönheiten wie die Legnani und die Bertoni zum Beispiel, die beiden Vamps aus der ›Fünf b‹, immer erbarmungslos durchfallen ließ? Nur machten die sich nicht viel daraus. Die Legnani stand im Begriff zu heiraten, wenn nicht alles trog; und konnte man sich vielleicht vorstellen, daß die Bertoni, mit ihrer Wespentaille, ihrer schwarzen glänzenden Fransenfrisur und den verschmitzt dreinblickenden Augen (im Stil der Elsa Merlini) die fünfte Klasse wiederholt hätte? Sie war ganz der Mensch, nach Rom zu verschwinden und zum Film zu gehen, wie sie uns so oft erklärt hatte, jedenfalls alles andere eher zu tun, als hierzubleiben und hinter der Tür des Gymnasiums zu versauern!
Aber hauptsächlich richtete sich meine Kritik gegen die männlichen Mitschüler, besonders gegen die in den

Bänken der mittleren Reihe, die sich dem Katheder gegenüber befand. Da vorn, in der ersten und zweiten Bank, hatte die alte ›Fünf a‹ gleich drei der Ihren placieren können: Boldini, Grassi und Droghetti, dazwischen Florestano Donadio von der ›Fünf b‹, der auf der zweiten Bank neben Droghetti saß, nur wie ein geduldeter Gast wirkte, dürftig wie er in allem war, in geistiger, körperlicher und überhaupt in jeder Beziehung. Mit Droghetti, dem Sohn eines Kavallerieoffiziers, einem Jungen von ebenso untadeligem wie geistlosem Aussehen, das ihn, wie man schwören mochte, dazu bestimmte, die Laufbahn seines Vaters einzuschlagen, war zwar gewiß nicht viel los. Aber die beiden auf der vorderen Bank, Boldini und Grassi, stellten zusammen eine Großmacht dar, der sich der blonde, kleine und rosige Donadio, dieses ängstliche Vögelchen, das er von jeher gewesen war, als tributpflichtiger Vasall geradezu anbot. Auf der dritten Bank saß wieder ein schlecht zusammengestelltes Paar: Giovannini von der ›Fünf b‹ und Camurri von der ›Fünf a‹. Nicht, daß Giovannini weniger tüchtig gewesen wäre als sein Nachbar, da es doch der gute Walter trotz seiner ländlichen Herkunft sogar fertigbrachte, sich in der Schriftsprache auszudrücken. Aber Camurri war ein Herr – häßlich, kurzsichtig, bigott, aber ein Herr. Seine Familie (die Camurri aus der Via Carlo Mayr – wer kannte sie nicht?) gehörte zu den reichsten der Stadt. Sie besaß Hunderte Hektar Land in der Gegend von Codigoro, aus der Walter kam, so daß es keineswegs ausgeschlossen war, daß Walters Vater oder Großvater früher, ja, vielleicht noch jetzt im Dienst der Familie Camurri stand... In der vierten Bank aber saß, allein, wer weiß, warum – vielleicht um anzudeuten, daß niemand soviel Verdienste aufwies, um neben ihm sitzen zu dürfen –, Cattolica, Carlo Cattolica, der schon von der ersten Gymnasialklasse an der unbestrittene Star der a-Klassen gewesen war (regelmäßig acht oder neun von zehn Punkten in sämtlichen Fächern). Man sah es ihnen nicht an – aber über die getreuen Camurri und Droghetti, die mit gebeugten Rücken vor ihm saßen, würde es für Cattolica in jeder Lage ein Kinderspiel sein, sich mit den nicht minder getreuen Boldini und Grassi in der ersten Bank in Verbindung zu setzen. Das würde man bald merken bei den Klassenarbeiten in Latein und Griechisch, und wie! Die Nachrichtenverbindung zwischen der vierten und ersten Bank würde so gut funktionieren, als ob die von der ›Fünf a‹ über ein Feldtelephon verfügten.

Hinter Cattolica saßen zwei von uns: Mazzanti und Malagù (übrigens ›von uns‹ nur sozusagen, denn sie gehörten erst seit einem Jahr zu uns, nachdem sie es beim erstenmal nicht geschafft hatten, über die sogenannte Eselsbrücke zu gelangen; sie waren mehr oder weniger unbedeutend). Rechts neben mir saßen, tief über die Bank gebeugt, um sich zu verstecken und den forschenden Blicken zumal Professor Guzzos zu entgehen, Veronesi und Danieli. Veronesi war mindestens zwanzig Jahre alt, Danieli noch älter, sie waren daran gewöhnt, jede Klasse wiederholen zu müssen, alte Faulpelze, die nicht einmal zum Sport taugten und sich nur auf einem einzigen Gebiet auskannten: dem der Freudenhäuser der Stadt, vom billigsten bis zum teuersten,

in denen sie seit Jahren zu den, wie sie sich rühmten, eifrigsten Stammgästen zählten.
Wenn nun die Plätze in der Bankreihe der Tafel gegenüber und neben der Tür auch ein wenig besser besetzt waren (in der zweiten Bank war Giorgio Selmi neben Chieregatti gelandet, in der dritten war es Ballerini wieder gelungen, neben Giovanardi, von dem er unzertrennlich war, Platz zu finden), wie hätte ich mich wohl damit abfinden können, auf der vierten Bank neben Lattuga zu sitzen, Aldo Lattuga, diesem infamen Stinker, der von allen gemieden und verspottet wurde und bei dem sich in den unteren Klassen selten jemand bereit gefunden hatte, die Bank mit ihm zu teilen, und der nun auch hier wie Cattolica – selbst wenn aus genau entgegengesetzten Gründen – allein geblieben war? Nein und noch mal nein! sagte ich mir. Dann besser auf meinem einsamen Platz bleiben, den ich mir auf der hintersten Bank in der Reihe der Mädchenplätze gesucht hatte. Professor Bianchi hatte den Italienisch-Unterricht mit dem Vortrag einer Kanzone Dantes begonnen, und ein Vers daraus hatte mich merkwürdig angerührt: »Die Verbannung, die mir zuteil ward, rechne ich mir zur Ehre an.« Das könnte mein Wahlspruch sein, dachte ich.
Eines Tages blickte ich zerstreut durch das hohe Fenster links von mir auf den tristen, von hungrigen Katzen bevölkerten Hof, der das Guarini-Gymnasium, das sich im Gebäude eines ehemaligen Klosters befand, von der Seitenwand der Kirche del Gesù trennte. Ich dachte, daß es eigentlich schön gewesen wäre, wenn mich zum Beispiel Giorgio Selmi, der mir im Grunde immer sehr

sympathisch gewesen war, von sich aus am ersten Schultag gebeten hätte, mich zu ihm zu setzen. Selmi war Vollwaise und wohnte mit seinem Bruder Luigi zusammen bei einem Onkel väterlicherseits, dem Rechtsanwalt Armando, einem mürrischen Junggesellen, der sich den Sechzig näherte und der nur auf die Stunde wartete, da er seine Neffen los wurde, wenn er den einen auf die Militärakademie in Modena und den anderen auf die Marineakademie in Livorno schicken konnte. Wie kam es, daß sich Giorgio lieber mit diesem stumpfsinnigen Büffler zusammensetzte als mit mir? Die Wohnung seines Onkels an der Piazza Sacrati (eine Anwaltskanzlei mit einigen dazugehörigen Wohnräumen) war sicherlich nicht besonders geeignet, um dort gemeinsam Schularbeiten zu machen, wenn es zutraf – und es traf wohl zu –, daß Giorgio in seinem Schlafzimmer lernen mußte, einem Kämmerchen von drei mal vier Metern. Bei mir zu Hause hingegen hätten wir soviel Raum gehabt, wie wir nur brauchten. In meinem Arbeitszimmer gab es Platz genug für mich, ihn und jeden, den wir noch in unsere Gemeinschaft aufnehmen wollten. Und was für einen prächtigen Imbiß, mit Tee, Butter und Marmelade als Grundlage, hätte uns meine Mutter um fünf Uhr bereitet, da sie so froh darüber war, daß ich jetzt den Nachmittag stets zu Hause und nicht wie früher bei den Fortis verbrachte. Es war wirklich schade, daß sich Giorgio Selmi nicht zu mir gesetzt hatte. Nur Eifersucht und Mißgunst konnten ihn davon abgehalten haben. Unsere Wohnung war im Vergleich mit seiner zu schön und zu komfortabel. Und ich hatte noch meine Mutter, während er nur einen alten, wunderlichen Onkel hatte. Der Antisemitismus spielte dabei einmal keine Rolle; nein, damit hatte es ganz und gar nichts zu tun.

»Sss!«

Ein leiser Pfiff von rechts ließ mich zusammenfahren. Mit einem Ruck wandte ich mich zur Seite. Es war Veronesi. Geduckt hinter dem Rücken Mazzantis forderte er mich mit ausgestrecktem Zeigefinger auf – es war ein dünner, unwahrscheinlich nikotinverfärbter Finger –, nach vorn zu blicken. Was ich denn mache, schien er mich, halb belustigt, halb besorgt, fragen zu wollen. Wo meinte ich wohl zu sein, ich närrischer Kauz, für den, wenn nicht für Schlimmeres, er mich hielt!

Ich blickte auf. In der vollkommenen Stille, kaum unterbrochen durch ein halb unterdrücktes Lachen, waren alle Gesichter mir zugewandt. Auch Professor Guzzo fixierte mich vom Katheder aus mit einem ironischen Lächeln.

»Endlich!« bemerkte er mit sanfter Stimme.

Ich stand auf.

»Sie heißen?«

Ich stammelte leise meinen Namen.

Guzzo war für seine Bosheit berüchtigt; sie grenzte an Sadismus. Er war ein Mann um die fünfzig, hochgewachsen, von herkulischer Kraft, mit großen, blitzenden Augen – von smaragdgrüner Farbe mit braunen Flecken, wie die Haut gewisser Eidechsen – unter einer gewaltigen Stirn (einer Wagner-Stirn) und mit langen grauen Koteletten, die bis zur Mitte seiner hageren Wangen reichten. Im Guarini-Gymnasium galt er als eine Art Genie. (Die Worte auf der Gedenktafel für die Gefallenen des ersten Weltkriegs, die sich unten im Treppenhaus so schön ausnahm, waren von ihm: ›Mors domuit corpora – Vicit mortem virtus: Der Tod bezwang die Körper – Die Tugend besiegte den Tod‹.) Er gehörte nicht der faschistischen Partei an, und nur deshalb – so sagten alle – hatte er nicht den Lehrstuhl an der Universität erhalten, für den ihn seine in Deutschland veröffentlichten philologischen Arbeiten gewiß legitimiert hätten.

»Wie bitte?« fragte er und hielt dabei seine Hand hinter das Ohr, während er sich so weit vorbeugte, daß er mit dem mächtigen Oberkörper das aufgeschlagene Klassenbuch berührte. »Sprechen Sie bitte lauter!«

Keine Frage: Es machte ihm Spaß. Er spielte Komödie.

Ich wiederholte meinen Namen.

Mit einem Ruck richtete er sich wieder auf und blickte aufmerksam ins Klassenbuch.

»Gut«, bemerkte er, während er eine geheimnisvolle Eintragung vornahm.

»Und jetzt erzählen Sie mir ein bißchen von sich«, fuhr er fort und lehnte sich wieder auf seinem Stuhl zurück.

»Von mir?«

»Natürlich, von Ihnen über sich selbst. Kommen Sie aus der ›Fünf a‹ oder aus der ›Fünf b‹?«

»Aus der ›Fünf b‹.«

Er verzog den Mund.

»Also aus der ›Fünf b‹. Und wie haben Sie den Aufstieg hierher geschafft? Im ersten Anlauf, im Fluge oder — verzeihen Sie mein schlechtes Gedächtnis — erst in zweiter Instanz?«

»Ich habe die Prüfung in Mathematik im Oktober wiederholen müssen.«

»Nur in Mathematik?«

Ich bejahte.

»Tatsächlich? Haben Sie nicht doch vielleicht auch ein paar andere Fächer wiederholen müssen? Latein und Griechisch zum Beispiel?«

Ich verneinte.

»Ganz bestimmt nicht?« fragte er von neuem, mit katzenhafter Freundlichkeit.

Abermals verneinte ich.

»Nun hören Sie zu, mein lieber Freund, geben Sie gut acht ... Ich möchte nicht, daß Sie im nächsten Sommer außer in Mathematik die Prüfung auch noch — quod deus avertat — in Latein und Griechisch wiederholen müssen — in drei Fächern ... Sie verstehen mich doch, nicht wahr?«

Dann fragte er mich, wie ich mich bisher im Gymnasium durchgeschlagen hätte und ob ich nicht das eine oder andere Mal sitzengeblieben wäre. Aber er sah mich dabei nicht an, sondern blickte im Kreise umher, als ob er mir nicht traute und gern das spontane Zeugnis eines anderen gehört hätte.

»Er war immer einer der besten«, wagte schließlich jemand zu sagen. Ich glaube, es war Pavani, in der ersten Bank der ersten Reihe.

»Ach, einer der besten!« rief Professor Guzzo erstaunt aus. »Aber wie erklärt sich dann dieser Abstieg? Wieso ist es dazu gekommen?«

Ich wußte nicht, was ich sagen sollte. Ich starrte auf die Bank, als könnte mir ihr schwärzliches altes Holz die von Professor Guzzo gewünschte Antwort verraten. Dann hob ich wieder den Kopf.
»Wieso?« fragte er unerbittlich von neuem. »Und aus welchem Grunde haben Sie sich dann eine solche Bank ausgesucht? Vielleicht, um in der Nähe des ausgezeichneten Veronesi und des nicht minder ausgezeichneten Danieli zu sitzen und statt von mir von ihnen die *wahre* Wissenschaft zu erfahren?«
Die Klasse brach in ein einstimmiges Gelächter aus. Selbst Veronesi und Danieli lachten, wenn auch mit weniger Begeisterung.
»Nein, glauben Sie mir«, fuhr Guzzo fort, und mit der großen Gebärde eines Dirigenten vor seinem Orchester bändigte er den Lärm. »Vor allem müssen Sie Ihren Platz wechseln.«
Er suchte, prüfte und traf seine Entscheidung.
»Dorthin, auf die vierte Bank. Neben diesen Herrn.«
Er zeigte auf Cattolica.
»Wie heißen Sie?«
Cattolica stand auf.
»Carlo Cattolica«, erwiderte er schlicht.
»Oh, gut! Der *berühmte* Cattolica. Gut. Vorzüglich. Sie kommen aus der ›Fünf a‹, nicht wahr?«
»Ja, Herr Professor.«
»Schön. A mit b. Ausgezeichnet.«
Ich packte meine Bücher zusammen, trat in den Gang, erreichte meinen neuen Platz, unterwegs von einem Gehüstel Veronesis gegrüßt und bei der Ankunft mit einem Lächeln vom Star der alten ›Fünf a‹ empfangen.

»Geben Sie gut acht auf ihn, Cattolica«, sagte Guzzo. »Ich vertraue ihn Ihnen an. Führen Sie dieses verirrte Schäfchen auf den rechten Weg zurück.«

2

Ich weiß nicht, was nach unserer Schulzeit aus Carlo Cattolica geworden ist.

Er ist einer der wenigen Schulkameraden, von denen ich nichts weiß: nicht, welchen Beruf er ergriffen hat, ob er geheiratet hat, wo er lebt, ja, ob er überhaupt noch lebt. Ich kann nur sagen, daß seine Familie 1933, nach seiner glänzend bestandenen Reifeprüfung, in eine andere Stadt zog. Ich glaube, es war Turin, wo sein Vater, der Ingenieur war (ein kahlköpfiges Männchen, mit blauen Augen, leicht verrückt: Opernnarr und leidenschaftlicher Philatelist, übrigens vollkommen beherrscht von einem Feldwebel von Frau, einer Mathematikprofessorin, die ihn um Haupteslänge überragte), ganz unvermutet einen Posten bei der FIAT gefunden hatte. Ob der junge Cattolica nun wirklich Chirurg geworden ist, wie er es schon damals, zu Beginn des ›Liceo‹, mit seiner üblichen Selbstsicherheit verkündet hatte? Und ob er wirklich das Mädchen geheiratet hat, das er allabendlich mit dem Fahrrad in Bondeno besuchte und mit dem er bereits seit mehr als einem Jahr verlobt war? (Hieß sie nicht Accolti, Graziella Accolti?) Selten ist einer Generation so übel mitgespielt worden wie der unseren; der Krieg und die übrigen Ereignisse haben so unendlich viele unserer

Vorhaben und Lebenspläne zunichte gemacht, die nicht minder ernst gemeint waren als die Carlo Cattolicas. Und doch, ich weiß nicht, warum, aber etwas sagt mir, daß die Partie zwischen mir und meinem Banknachbarn aus der ersten Klasse des ›Liceo‹ noch nicht zu Ende ist. Ich bin überzeugt, daß er lebt und daß er, wie er es sich vorgenommen hatte, wirklich Chirurg geworden ist (wenn noch nicht berühmt, so im Begriff, es zu werden), auch daß er nach mindestens zehnjähriger Verlobungszeit seine Graziella geheiratet hat. Es gibt zwei Gesichter, das seine und das von Luciano Pulga, denen ich früher oder später einmal wieder begegnen werde. Ich fühle es; ich bin darauf gefaßt.

Ich sehe das Gesicht Cattolicas noch vor mir: sein klares Profil, rechts neben mir, von der Präzision einer Medaille. Er war groß und sehr schlank; seine funkelnden schwarzen Augen lagen tief unter den ein wenig hervorspringenden Brauenbogen, und seine Stirn, nicht hoch, aber breit, bleich und gelassen, war sehr schön. Es ist merkwürdig, aber das älteste Bild, das meine Erinnerung an ihn bewahrt, ist ebenfalls eine Seitenansicht. Wir waren schon in der Grundschule zusammen gewesen, in der Gemeindeschule ›Alfonso Varano‹ in der Via Bellaria, schon damals allerdings der eine in der a-, der andere in der b-Klasse; und eines Morgens fiel mir während der Pause auf dem Schulhof seine merkwürdige Art zu laufen auf. Er lief die Mauer entlang und bewegte dabei die dünnen Beine in dem gleichmäßigen, weit ausgreifenden Laufschritt eines Mittelstreckenläufers. Ich erkundigte mich bei Otello Forti nach ihm. »Was, den kennst du nicht?« fragte er überrascht. »Das ist doch Cattolica.« Ich bemerkte, daß er ganz anders lief als wir alle, mich nicht ausgenommen. Bei uns genügte eine Kleinigkeit, uns abzulenken und aus der Richtung zu bringen. Er aber sah, während er lief, ruhig geradeaus, als ob er allein, als einziger unter so vielen, genau das Ziel kenne.

Nun saßen wir nebeneinander, nur ein paar Zentimeter voneinander getrennt. Aber irgend etwas, eine Art unsichtbarer Barriere, einer geheimen Demarkationslinie, verhinderte, daß wir mit der unbefangenen Vertrautheit von Freunden miteinander verkehrten. Ich hatte zwar anfänglich den einen oder anderen schüchternen Versuch in dieser Richtung unternommen, etwa, indem ich ihn eines Tages, als wir eine Klassenarbeit in Latein zu schreiben hatten, darum bat, ausnahmsweise die beiden dicken Bände meines Wörterbuchs einmal rechts von dem Brett legen zu dürfen, das den Platz für unsere Bücher und Hefte in zwei vollkommen gleiche Fächer teilte. Doch die Kühle, mit der er zustimmte – mit einer winzigen Drehung des Kopfes um die eigene Achse –, ließ es mir nicht geraten erscheinen, mit ähnlichen Annäherungsmanövern fortzufahren. Wie zwei junge Eheleute, die nicht spontan zueinander gefunden haben, deren Bund vielmehr auf höheres Geheiß zustande gekommen ist, bildeten wir ein Paar und waren uns dabei durchaus der gesellschaftlichen Bedeutung bewußt, die unserer Verbindung zukam. Schon immer war Cattolica der Beste in den a-Klassen gewesen, von der ersten bis zur fünften Klasse des Gymnasiums (ganz zu schweigen von der Grundschule, wo sich die Lehrer auf dem Gang gegen-

seitig seine Ausarbeitungen zu lesen gaben). Aber auch ich, selbst wenn ich mir hin und wieder eine Pause gönnte, hatte im Grunde immer zu der kleinen Gruppe an der Spitze gehört (richtig: die Mathematik war nie meine Stärke gewesen, aber was bedeutete schon Mathematik an einem humanistischen Gymnasium?) ... Höflich und wohlerzogen, ja, sogar bereit, vor den anderen das herzliche Einvernehmen und die Solidarität besser zueinander passender Partner zu spielen – aber im Grunde einander fremd, insgeheim Rivalen, ja sogar Feinde. Und mußte es, recht besehen, nicht so sein? War es nicht ganz richtig, überlegte ich, war es nicht in der Ordnung, daß wir uns als die Bannerträger zweier Heerscharen, die von altersher gegeneinander angetreten waren, so und nicht anders verhielten? Jeder an seinem Platz: War das nicht die Regel, die ich am liebsten von allen befolgt sehen wollte?
Für gewöhnlich stellten wir im Umgang miteinander die größte Rücksichtnahme, Achtung und Ritterlichkeit zur Schau. War zum Beispiel einer von uns aufgerufen und abgefragt worden und kehrte nun an seinen Platz zurück, dann sparte der andere nicht mit, je nachdem, beifälligem oder trostspendendem Lächeln, nicht mit beglückwünschendem oder auch kameradschaftlich mitfühlendem Händedrücken. Und er sorgte dafür, daß der hinter uns sitzende Mazzanti, der – vollkommen im Bilde über unser Verhältnis und eine Möglichkeit witternd, für sich und Malagù einen Vorteil aus der Situation zu ziehen – gleich zu Beginn ein privates Register angelegt hatte, in dem er Tag für Tag sorgfältig unsere Zensuren eintrug, nun auch wirklich

genau die Punkte für den andern notierte und sich als der unparteiische Schiedsrichter, der ergebene und korrekte Buchhalter, erwies, der er immer sein wollte. Aber wenn dann die Klassenarbeiten kamen, löste sich das zarte Gespinst gesellschaftlicher Heuchelei jäh wie Nebel in der Sonne. Dann konnte uns keine noch so schwierige Stelle im Griechischen oder Lateinischen zu einer gemeinsamen Anstrengung bewegen. Da arbeitete jeder für sich und hütete eifersüchtig das Resultat seiner eigenen Bemühungen; da geizte jeder mit sich selbst und hätte lieber eine unvollständige oder falsche Übersetzung abgeliefert, als daß er dem andern etwas hätte verdanken müssen. Wie ich es vorausgesehen hatte, übernahmen Droghetti und Camurri, die hintereinander auf den Bänken vor uns saßen, die Rolle der zuverlässigen Vermittler zwischen Cattolica und den weit vorgeschobenen Vorposten Boldini und Grassi. Wenn die Zeit drängte und Professor Guzzo den Blick von den Korrekturfahnen seiner Arbeit über Sueton hob und mit grausamem Lächeln ankündigte, daß in genau zehn Minuten, und nicht einer mehr, der »ausgezeichnete« Chieregatti die »Elaborate der Herren« einsammeln würde, dann mußte man gesehen haben, wie das Fernsprechnetz der alten ›a‹ funktionierte, mit welch unverschämter Perfektion es wieder in Betrieb gesetzt wurde! In diesen dramatischen Augenblicken war es aus mit dem Lächeln und Händedrücken und mit allen geheuchelten Bekundungen liebenswürdiger Kameradschaft. Die Maske fiel. Und nun zeigte sich mir das sonst so glatte Gesicht Cattolicas, verzerrt von ehrgeiziger Anspannung, wie es wirklich war, in seiner ganzen Feindseligkeit und Gehässigkeit. Es zeigte sich endlich nackt.

Und doch, obwohl ich ihn verabscheute, bewunderte und beneidete ich ihn.

Es gab kein Fach, in dem er nicht vollkommen war, in Italienisch wie in Latein, in Griechisch wie in Geschichte und Philosophie, in Biologie, Mathematik und Physik nicht anders als in Kunstgeschichte, ja sogar im Turnen (vom Religionsunterricht war ich befreit, nahm also nicht am Unterricht Don Galeassis teil, doch ich zweifelte nicht, daß Cattolica auch bei dem ›Priester‹ ein Musterschüler war); ich haßte seine geistige Klarheit und neidete sie ihm zugleich wie das luzide Funktionieren seines Hirns. Was für ein Wirrkopf war ich, verglichen mit ihm! Zwar war ich im italienischen Aufsatz vielleicht besser als er. Aber natürlich nicht immer; es kam auf die Aufgabe an; die eine machte mir Freude, die andere nicht; und wenn mir ein Thema nicht zusagte, war nichts zu machen; da war es schon viel, wenn ich eine Sechs bekam. So war ich vielleicht im mündlichen Übersetzen in Latein und Griechisch brillanter (Guzzo hatte mir nach dem anfänglichen Geplänkel sein Wohlwollen geschenkt; wenn wir Homer oder Herodot lasen – vor allem Herodot –, wandte er sich fast immer an mich, um, wie er sagte, »die genaue Übersetzung« zu hören), aber im Schriftlichen, besonders bei der Übersetzung aus dem Italienischen ins Lateinische, war mir Cattolica klar überlegen. Er hatte die ausgefallensten kleinen Regeln der Formenlehre und Syntax im Kopf und irrte sich praktisch nie. Sein Gedächtnis erlaubte ihm zum Beispiel, in der Geschichtsstunde Dutzende und aber Dutzende von Daten, wie aus der Pistole geschossen und ohne sich nur einmal zu irren, anzugeben. Oder vor der vor Wonne schier zerfließenden Krauss in der Biologiestunde die Klassen der Wirbellosen aufzusagen – so sicher und unbefangen, als läse er sie aus einem Buch ab. Wie machte er das, fragte ich mich. Was verbarg sich in seinem Schädel? Eine Rechenmaschine? Mazzanti zögerte nicht. Nach derartigen Gedächtnisleistungen war er bereit, in sein Register eine Neun, ja, eine Neun plus einzutragen. Und das Tollste dabei war, daß das ›Plus‹ sehr oft auf mich zurückging, der sich rasch umgewandt und darauf bestanden hatte, daß Mazzanti es hinzufügte.

Aber das Gefühl meiner Unterlegenheit rührte nicht einmal so sehr vom Vergleich unserer Leistungen in der Schule her als von ganz anderen Dingen.

Da war zuerst der Unterschied in der Größe. Er war groß und hager, ein junger Mann bereits und wie ein junger Mann gekleidet, mit langen Hosen aus grauem Vigogneflanell und einem andersfarbigen Sakko aus einem schweren Stoff – in der Tasche steckte ein Zehnerpäckchen Macedonia-Zigaretten – und einer hübschen Krawatte aus Organdy. Ich dagegen – klein und untersetzt, in meinen ewigen Knickerbocker, in denen ich mich so unglücklich fühlte und für die meine Mutter eine besondere Vorliebe hatte –, nahm mich neben ihm nur wie ein kleiner Junge aus. Dann der Sport. Cattolica übte keinen aus. Er verachtete das Fußballspiel, aber nicht deshalb, weil er es nicht beherrschte (er hatte einmal auf dem Platz vor der Kirche del Gesù bei einem Spiel mitgemacht und dabei einen hervorragenden Stil gezeigt), sondern weil Sport ihn nicht interessierte und ihm nur verlorene Zeit bedeutete. Ferner: für welche Fakultät würde ich mich einmal entscheiden, wenn ich auf die Universität ging? Ich wußte es noch nicht. Heute neigte ich zur Medizin, morgen zur Philosophie. Er dagegen hatte sich nicht nur bereits für das Studium der Medizin entschieden, sondern auch seine Wahl zwischen innerer Medizin und Chirurgie zugunsten der letzteren getroffen. Und schließlich hatte er ein Mädchen, das er liebte und das ihn liebte, das Mädchen aus Bondeno. Auf diesem Gebiet fehlte mir noch jede konkrete Erfahrung. (Konnte man Erfahrungen nennen, was ich im Sommer am Strand mit kleinen Mädchen erlebt hatte, dies bißchen Hand-in-Hand-Sitzen, Sich-in-die-Augen-Blicken, einen flüchtigen Kuß auf die Wangen und weiter nichts ...?) Er dagegen war, wie ich glaube, der einzige im ganzen Gymnasium, der richtig verlobt war: offiziell, mit einem gewaltigen Ring am Finger. Oh, dieser Ring! Es war ein Saphir, in Weißgold gefaßt, ein imponierender Ring, wie für einen Commendatore – und mir besonders unsympathisch. Und doch, wie sehr wünschte ich mir selbst einen solchen Ring! Wer weiß, dachte ich, um ein Mann zu werden oder wenigstens um das Mindestmaß an Selbstsicherheit zu gewinnen, das man unbedingt braucht, um als einer zu gelten, konnte solch ein Ring vielleicht von großem Nutzen sein.

Mit wem zusammen machte Cattolica nachmittags die Schulaufgaben? Am Anfang war ich nicht dahintergekommen. So sehr schien er sich selbst zu genügen, so unerreichbar zu sein, daß ich an einen wirklichen, vertrauten Freund nicht glauben konnte. Selbst sein Verhältnis zu Boldini und Grassi schien mir von Fall zu Fall von reinen Zweckmäßigkeitserwägungen bestimmt; ich glaubte nicht, daß er je einen Schulkameraden in seiner Wohnung in der Via Cittadella sah, auch nicht Boldini und Grassi.

Doch das war ein Irrtum.

Eigentlich hatte ich schon vorher etwas geahnt, und zwar seit jenem Morgen, an dem ich als letzter die Treppe vom Chemie- und Naturkundesaal (dem unbeschränkten Herrschaftsbereich der Krauss) herunterkam und mich, als ich einmal aufblickte, plötzlich den dreien gegenüber fand: Cattolica, Boldini und Grassi, die im Gespräch auf dem Treppenabsatz stehen geblieben waren. Sie sehen und erraten, daß sie gerade dabei waren, eine Verabredung für den Nachmittag in der Wohnung eines von ihnen zu treffen, war eins. Tatsächlich änderten sie, sowie sie mich bemerkt hatten, das Gesprächsthema und begannen – man stelle sich das vor! – eine Diskussion über Fußball, als ob ich nicht gewußt hätte, daß sich Cattolica überhaupt nicht für Sport interessierte und nie über sportliche Ereignisse sprach.

Aber ich wollte mich selbst überzeugen können, wollte es mit Händen greifen. Und als ich am Abend meinen Vater im Klub der Kaufleute nicht angetroffen hatte (seitdem ich nicht mehr mit Otello meine Schularbeiten machte, hatte ich mir angewöhnt, mit dem Rad am Klub vorbeizufahren und meinen Vater dort jeden Abend gegen sieben Uhr abzuholen), entschloß ich mich plötzlich: statt nach Hause zu radeln, fuhr ich zur

Kreuzung des Viale Cavour und der Via Cittadella und wartete ab.
Es war etwa zwanzig Minuten vor acht. Der Viale Cavour war vom Kastell bis zur alten Stadtzollschranke beleuchtet; die breite, ungepflasterte Via Cittadella schien dagegen wie in einem dunklen Nebel versunken. Ich rührte mich nicht von der Stelle und behielt das Haus Cattolicas im Auge. Es lag ungefähr hundert Meter von der Kreuzung entfernt — eine freistehende rote Villa mit zwei Stockwerken, vor nicht allzu langer Zeit erbaut, schön, gewiß, aber, so fand ich, zugleich irgendwie ein wenig vulgär. Waren zum Beispiel die rosa Gardinen vor den erleuchteten Fenstern im zweiten Stock nicht gewöhnlich, ja zweideutig? Ähnliche Gardinen schimmerten durch die angelehnten Fensterläden in Häusern wie der ›Pensione Franca‹ oder ›Pensione Mafarka‹ in der Via Colomba — Häusern, in denen Danieli und Veronesi wie daheim waren.
Eine Viertelstunde verging. Schon schickte ich mich an fortzufahren (mir war der Verdacht gekommen, daß die Zusammenkunft anderswo abgehalten wurde, bei Grassi an der Piazza Ariostea oder bei Boldini in der Via Ripagrande), als sich die Haustür öffnete und nacheinander alle drei heraustraten, auch Cattolica.
Sie bestiegen ihre Räder und fuhren die Via Cittadella herauf bis zum Viale Cavour, glücklicherweise langsam genug, um mir Zeit zu lassen, ebenfalls aufs Rad zu springen und mich ungefähr fünfzig Meter von der Kreuzung zu entfernen. Dort angelangt, trennten sich die drei. Boldini und Grassi bogen links ab, zur Stadtmitte, Cattolica rechts, zur alten Stadtzollschranke.

Wohin fuhr er jetzt? Nach Bondeno, zu seiner Braut? Oder nur zum Bahnhof, vielleicht um einen Brief aufzugeben oder jemanden abzuholen? Der Gedanke, daß er sich nach einem arbeitsreichen Tage (am Vormittag in der Schule, von der allgemeinen Achtung getragen, am Nachmittag zu Hause, umgeben von der Verehrung und Zuneigung seiner nächsten Freunde) nun auch noch den Luxus gestatten konnte, bei seiner Verlobten zu Abend zu essen, war mir unerträglich.
Ich folgte ihm in einiger Entfernung, den Blick starr auf das leuchtend rote Schlußlicht seines Fahrrads gerichtet. Er fuhr ruhig und sicher, ohne sich umzudrehen, froh und zufrieden mit sich selber, mit seinem funkelnden grauen Fahrrad, das mit allem erdenklichen Zubehör ausgerüstet war, und mit seiner Braut, die bereits auf ihn wartete.
Aber erwartete sie ihn wirklich?
Ja, sie erwartete ihn. Cattolica wandte sich nach rechts und bog in die Straße nach Bondeno ein. Und jetzt, da ich genau wußte, wie sich die Sache verhielt (übrigens war es schon spät geworden, über halb neun), jetzt konnte ich auf die weitere Verfolgung verzichten, die überflüssig geworden war, und ihn davonradeln lassen.

3

Obwohl Otello Forti nach den ersten zwei Monaten ein vorzügliches Zeugnis erhalten hatte, wollte er in den Ferien nur drei Tage daheim verbringen, den Heiligabend und die beiden Weihnachtstage. Ich sah ihn

nur kurz, am zweiten Feiertag, ein paar Stunden, bevor er nach Padua zurückfuhr. Er war mit seinen Gedanken schon ganz bei der bevorstehenden Abreise.
Er führte mich zunächst vor die große, prächtige Krippe, die wie immer im Erdgeschoß im Wohnzimmer stand und die ich bewundern sollte (hier unten hat sich Otello übrigens nach dem Tode seiner Eltern mit seiner zahnärztlichen Praxis niedergelassen). Es war seit mindestens zehn Jahren das erste Mal, daß keiner der Brüder daran gedacht hatte, mich zur Mitarbeit bei der Aufstellung der Krippe aufzufordern. Danach stiegen wir in sein Zimmer hinauf. Aber selbst dort, in seinem kleinen Zimmer im obersten Stock, das mir immer auch ein wenig wie mein eigenes Zimmer gewesen war, konnte ich mich nicht nützlich machen. Sowie wir oben waren, nötigte er mich in den Sessel am Fenster. Dann begann er, seinen Koffer zu packen. Als ich aufstand, um ihm zu helfen, wollte er durchaus, daß ich mich wieder setzte. Er packe lieber allein, erklärte er mir, da er es so viel schneller hinter sich brächte.
Solcher Beharrlichkeit gegenüber gab ich nach, setzte mich wieder und sah ihm von meinem Sessel aus zu. Ohne den Blick zu heben, machte er sich an seinem Koffer mit einer Langsamkeit zu schaffen, die etwas Gewolltes hatte. Ich hatte ihn anders in der Erinnerung gehabt, blonder, dicker, rosiger. Vielleicht war er, abgesehen davon, daß er in seinen langen Hosen schlanker wirkte, tatsächlich magerer geworden und auch ein paar Zentimeter gewachsen. Aber in seinen Augen lag jetzt, hinter den Brillengläsern, die er als Kurzsichtiger brauchte, ein ernster, ja bitterer Aus-

druck, der mich kränkte und verletzte. Nun hatte er zwar nie, überlegte ich, einen sehr aufgeschlossenen Charakter gehabt. Von uns beiden hatte stets ich die Initiative ergriffen, ob es sich um ein Spiel, eine Fahrt mit dem Rad über Land oder um eine Lektüre handelte, die nicht zu unserem Pensum gehörte, wie Salgari, Verne und Dumas. Er ließ sich von mir mürrisch und widerstrebend, aber manchmal, Gott sei Dank, auch lachend mitreißen; insgeheim — ich spürte es — bewunderte er mich, gerade weil es mir hin und wieder gelang, ihn zum Lachen zu bringen — ein mühsames Unternehmen! Aber jetzt? Was hatte sich zwischen uns geändert? Wieso hatte ich Schuld daran, daß er nicht versetzt worden war? Warum machte er nicht endlich Schluß mit dieser Trauermiene?

»Was hast du?« fragte ich ihn.

»Ich? Nichts. Wieso?«

»Ach, ich weiß nicht. Es sieht beinahe so aus, als ob du auf mich böse wärst.«

»Gratuliere! Du bleibst immer derselbe«, antwortete er, mit einem Lächeln, bei dem sich nur seine Lippen verzogen.

Offenbar spielte er auf meine alte Neigung an, mir über jede Kleinigkeit Gedanken zu machen, und auf mein ständiges Bedürfnis nach dem Wohlwollen der anderen; aber er hatte wohl auch die Veränderung im Sinne, die das Mißgeschick an seinem Charakter bewirkt hatte. Falls es mir Spaß machte, mochte ich mich weiterhin meinen üblichen dummen und kindischen Einbildungen hingeben, schien er sagen zu wollen. Er aber nicht; denn er hatte weder Lust noch Zeit dazu.

Sein Unglück hatte einen Mann aus ihm gemacht; und ein Mann mußte seine Würde wahren.
»Ich verstehe nicht, was du sagen willst«, erwiderte ich. »Aber, entschuldige, ist das überhaupt eine Art und Weise? Wenn du mir wenigstens geschrieben hättest ...«
»Soviel ich weiß, habe ich dir geschrieben. Hast du meine Briefe nicht erhalten?«
»Doch, schon gut, aber ...«
»Nun also!«
Jetzt hatte er den Blick erhoben und sah mich an, hart und feindselig.
»Wie oft hast du mir geschrieben? Drei Briefe waren es in den beiden ersten Wochen. Und dann – nichts mehr.«
»Und du?«
Er hatte recht. Ich hatte als erster nicht mehr geantwortet. Aber wie sollte ich ihm jetzt erklären, warum ich nicht mehr den Mut gehabt hatte, eine Korrespondenz fortzusetzen, bei der unsere Rollen plötzlich vertauscht waren? Ich hatte gemeint, es sei an mir, ihn über sein Unglück zu trösten. Statt dessen hatte in gewisser Weise er mir von Anfang an gut zureden und mich trösten wollen.
Es war ein milder Tag (kein Vergleich zu dem strengen Winter des Vorjahrs – trotz der schon vorgeschrittenen Jahreszeit war die starke Kälte bisher ausgeblieben), und so gingen wir später in den Garten. In der blauen, ein wenig nebligen Luft der Abenddämmerung besuchten wir noch einmal all die Orte, die sich mit unserer Freundschaft verbunden hatten – eine Art

Generalbesichtigung: den schönen Rasen in der Mitte, jetzt feucht und kahl, wo wir beide, zusammen mit seinen Brüdern und Vettern, so manche Partie Krocket gespielt hatten; das kleine Bauernhaus dahinter, dessen Erdgeschoß als Lagerraum für Holz und Kohlen und dessen erster Stock als Taubenschlag benutzt wurde; und schließlich den mit Bäumen bestandenen Hügel an der Gartenmauer, auf dem Giuseppe, der ältere Bruder Otellos, in einem grauen Verschlag, der aus wurmstichigen Brettern und einem Drahtgitter bestand und ursprünglich als Hühnerstall gedient hatte, Kaninchen züchtete. Otello führte jetzt die Unterhaltung. Er erzählte mir ziemlich weitschweifig von seinem Leben im Internat; zugegeben, es war hart, vor allem wegen der unmöglichen Zeiten, zu denen sie von den ›Präfekten‹ des Morgens geweckt wurden (um halb sechs mußten sie aufstehen; dann ging es in die Kapelle zum Beten), aber es war auch gut organisiert, damit niemand die Hände in den Schoß legen konnte und immer irgend etwas zu tun hatte. Das Pensum? Sehr viel umfassender als das unsere im vergangenen Jahr. In Latein würde ihnen das dritte Buch der ›Äneis‹ ›geboten‹ werden, ferner Ciceros Briefe und ›Der Krieg gegen Jugurtha‹ von Sallust; im Griechischen die ›Kyrupädie‹ des Xenophon, die ›Dialoge‹ des Lukian und eine Auswahl aus den ›Parallelbiographien‹ des Plutarch; und im Italienischen ›Die Verlobten‹ von Manzoni und ›Der rasende Roland‹ des Ariost.

»Den ›Orlando furioso‹ ganz?« fragte ich verblüfft.

»Ja, ganz«, antwortete er trocken.

Eine Frage aber hatte mir auf den Lippen gebrannt,

und erst im letzten Augenblick, vor der Tür, schon im Begriff zu gehen, entschloß ich mich, sie zu stellen.
»Hast du dich dort schon mit irgend jemandem angefreundet?« fragte ich ihn.
Mit augenscheinlicher Genugtuung bejahte er. Doch, er habe einen sehr sympathischen Jungen aus Venedig kennengelernt, mit dem zusammen er nun arbeite. Er hieß Alverà, Leonardo Alverà (sein Vater war Graf!) — ein sehr begabter Bursche, auch in Italienisch, Latein und Griechisch, aber hauptsächlich in Mathematik und Geometrie; in diesen beiden Fächern sei er — unter Garantie! — nicht zu schlagen. Ich schmierte rasch mal ein Gedicht oder eine Novelle herunter, nicht wahr? Schön, er aber löste mit der gleichen Leichtigkeit zu seinem Vergnügen komplizierteste Gleichungen dritten Grades. Ein Phänomen! Mit einem solchen Kopf konnte es nicht schwer sein, einmal Wissenschaftler, Erfinder, kurz, eine Berühmtheit zu werden ...
Ob sich das Folgende tatsächlich am Morgen des 8. Januar, bei Schulbeginn nach dem Dreikönigsfest, zugetragen hat, kann ich nicht mit Bestimmtheit erklären. Ich glaube, ja. Ich schreibe es für alle Fälle jetzt nieder, bevor ich es wieder vergesse. Sicher ist, daß ich eines Morgens (vielleicht kurz vor Weihnachten, vielleicht aber auch gleich nach dem Fest, jedenfalls aber am frühen Morgen, eine halbe Stunde vor dem Läuten) in die Del-Gesù-Kirche trat. (Ich war noch nie in der Kirche selbst gewesen; wenn Otello vor einer Klassenarbeit oder in Voraussicht einer wichtigen Prüfung hier eintrat, ›um sich die Götter gnädig zu stimmen‹, wie ich es voller Nachsicht bei mir nannte, hatte ich ihn im-

mer nur bis zur Tür begleitet, ohne die Schwelle je zu überschreiten.)
Kein Mensch war um diese Stunde in der Kirche. Ich hatte langsam das rechte Seitenschiff durchschritten, die Nase in der Luft wie ein Tourist; aber die durch die hohen Fenster einfallenden Sonnenstrahlen ließen mich die großen barocken Gemälde über den Altären nicht klar erkennen. Vor dem in Halbdunkel getauchten Chor angelangt, war ich zum linken Seitenschiff hinübergegangen, das vom Sonnenlicht überflutet war. Hier aber erregte sogleich eine seltsame Gruppe bewegungsloser und schweigsamer Gestalten meine Aufmerksamkeit, die sich neben der zweiten der beiden Nebenpforten eingefunden hatte.
Wer waren sie? Wie ich bald erkennen konnte, sowie ich, beinahe im Laufschritt, nahe genug gekommen war, handelte es sich nicht um lebende Personen. Sondern um Statuen. Statuen aus bemaltem Holz, in Lebensgröße gearbeitet. Und zwar um jene berühmte Beweinung Christi aus S. Maria della Rosa, vor die mich in meiner Kindheit Malvina (meine einzige katholische Tante) so oft geführt hatte, allerdings nicht hier, sondern eben in S. Maria della Rosa in der Via Armari, von wo die Gruppe offenbar später in die Jesuskirche gebracht worden war. Auch jetzt versenkte ich mich wieder in die grausame Szene und sah den fahlen, gemarterten Leib des toten Christus, der auf dem nackten Boden ruhte, und um ihn versammelt, erstarrt in ihrem Schmerz in stummer Gebärde, mit stummen verzerrten Gesichtern, mit Tränen, die sich nie ausweinen durften, die Angehörigen und Freunde: Maria, Johan-

nes, Joseph von Arimathia, Simon, Magdalena und zwei fromme Frauen. Und während ich die Statuen betrachtete, erinnerte ich mich an Tante Malvina, die bei diesem Anblick nie ihre Tränen zurückhalten konnte. Sie zog den schwarzen Jungfernschal über ihre Augen und kniete nieder, ohne daß sie es wagte (und wie gern hätte die Ärmste es getan!), auch ihren kleinen ungetauften Neffen niederknien zu heißen.

Endlich raffte ich mich auf, wandte mich um und wollte die Kirche verlassen.

Und in diesem Augenblick entdeckte ich Carlo Cattolica. Er kniete in einer Bank des Mittelschiffs, ruhig und gesammelt, der einzige Besucher in der Kirche.

Meine erste Regung war, ihn nicht zu stören und fortzugehen, ohne daß er mich bemerkte. Statt dessen ging ich auf Zehenspitzen und mit klopfendem Herzen durch das Seitenschiff bis zu seiner Bank.

Er hatte seine Bücher neben sich gelegt und betete. Die schöne, reine Stirn über die gefalteten Hände gebeugt, bot er mir, der ich ihn beobachtete, das gleiche scharfgeschnittene, rätselhafte Profil, das er mir täglich in der Schule zeigte. Ich spürte einen Schmerz. Warum waren wir nicht Freunde, fragte ich mich. Warum konnten wir nicht Freunde werden? Vielleicht, weil er mich nicht genug schätzte? Aber daran konnte es nicht liegen, denn wie tüchtig und intelligent Boldini und Grassi immer sein mochten, sie waren es gewiß nicht mehr als ich. Dann vielleicht der unterschiedlichen Religion wegen? Aber die Zugehörigkeit zu einer anderen Religion hatte zwischen Otello und mir nie eine Rolle gespielt.

Ganz und gar nicht. Die Fortis waren alle sehr religiös und in katholischen Organisationen tätig (der Rechtsanwalt Forti gehörte dem Vinzenzverein an, und auch Giuseppe war vor zwei Jahren dort Mitglied geworden), und doch hatte mich keiner von ihnen je spüren lassen, daß ich Jude war. Übrigens, soviel ich wußte, waren die Eltern Cattolicas keineswegs – wie etwa die Eltern Otellos und Camurris – dafür bekannt, besonders kirchlich gesinnt zu sein. Warum also? Warum?

Cattolica hatte sich erhoben, sich bekreuzigt und mich bemerkt – er kam auf mich zu.

»Nanu, was machst du denn hier?« fragte er mich leise.

»Ich habe mir die ›Beweinung‹ angesehen«, antwortete ich und wies dabei mit dem Daumen in die Richtung der Statuengruppe.

»Ach, hast du die noch nicht gekannt?«

Doch, ich hätte sie schon gekannt, erklärte ich ihm, da ich sie als Kind des öfteren in S. Maria della Rosa gesehen hätte. Und während wir noch einmal umkehrten, um die Statuen nun gemeinsam anzuschauen, verbreitete ich mich über Tante Malvina und ihre Leidenschaft, Kirchen zu besichtigen, sämtliche Kirchen der Stadt.

Das schien ihn zu interessieren. Er wollte wissen, wer diese Tante war. Vielleicht die Schwester meiner Mutter?

»Nein, die Schwester meiner Großmutter«, erwiderte ich und fügte hinzu: »Meiner Großmutter mütterlicherseits, die eine Marchi ist.«

Wir waren unterdessen auf den Platz vor der Kirche

hinausgetreten. Es fehlten nur noch wenige Minuten bis neun Uhr, und überall, auf dem Kirchplatz, in der Via Borgo Leoni und vor allem vor der Tür des Gymnasiums zeigten sich in Scharen die Schüler. Nebeneinander lehnten wir an der roten Fassade der Jesuskirche. Und da uns keiner unserer Kameraden zu bemerken schien, setzten wir die Unterhaltung fort. Es war das erste Mal. Das Ereignis bewegte mich. Es machte mich gesprächig, es reizte mein Bedürfnis nach vertraulicher Mitteilsamkeit.

Wovon wir sprachen? Von Religion natürlich. Er fragte mich, ob es wahr sei, daß wir »Israeliten« nicht an die Madonna glaubten, ob es stimme, daß nach unserer Auffassung Jesus Christus nicht der Sohn Gottes sei, ob es zutreffe, daß wir noch immer den Messias erwarteten, ob wir tatsächlich »in der Kirche« den Hut auf dem Kopfe behielten, und dergleichen mehr. Und ich antwortete Punkt für Punkt auf alle Fragen, mit einem fiebernden, übertriebenen Enthusiasmus, ohne überhaupt zu bemerken, wie primitiv seine Fragen waren, wie oberflächlich und gewöhnlich, ja taktlos seine Neugier war.

Aber zuletzt stellte ich ihm eine Frage.

»Entschuldige«, fragte ich, »seid ihr — ich meine deine Familie — schon immer katholisch gewesen?«

»Das möchte ich meinen«, antwortete er mit einem angedeuteten, hochmütigen Lächeln. »Warum?«

»Ich weiß nicht. Cattolica ist ein Ort, am Meer . . . zwischen Riccione und Pesaro, und die Juden haben alle, wie du weißt, ihre Familiennamen nach den Namen von Städten und Dörfern erhalten.«

Er straffte sich.
»Aber das stimmt nicht«, widersprach er sogleich und zeigte sich, wenigstens auf diesem Gebiet, vollkommen informiert. »*Viele* Israeliten heißen nach Städten und Dörfern, aber nicht *alle*. Eine ganze Reihe hat Namen wie Levi, Cohen, Zamorani, Passigli, Limentani, Finzi, Contini, Finzi-Contini, Vitali, Algranati und so fort. Was hat das damit zu tun? Ich könnte ebensogut eine endlose Reihe von Leuten aufzählen, die Namen haben, die jüdisch *klingen*, ohne daß sie deswegen jüdisch sind.«
Er war unterdessen weitergegangen, fuhr aber fort, mit gedämpfter Stimme, das Thema ausführlich zu erörtern. Was uns die Gelegenheit gab, ausnahmsweise einmal zusammen durch die große Schultür zu gehen, dann den langen Gang hinunter bis zu unserer Klassentür und schließlich, immer Seite an Seite, durch das Klassenzimmer bis zu unserer Bank zu gelangen, ganz wie zwei gute alte Freunde.

4

Ich erinnere mich noch genau, wie Luciano Pulga zu uns kam; es war am ersten Montag nach dem Wiederbeginn des Unterrichts.
Wir saßen bereits an unseren Plätzen, in Erwartung Professor Guzzos, der gleich erscheinen und uns den zu übersetzenden griechischen Text diktieren würde (jeder Montag begann mit zwei Stunden bei Professor Guzzo, in denen er ausnahmslos eine Klassenarbeit

schreiben ließ; aber er zögerte jedesmal sein Kommen hinaus und blieb fast bis Viertel nach neun am Fenster am Ende des Flurs stehen, wo er sich anscheinend ganz in den Anblick des verwilderten Feldes hinter der Apsis der Kirche del Gesù versenkte). Wir saßen und warteten also, als in der Tür statt der gigantischen Gestalt des Professors die winzige eines neuen Schülers sichtbar wurde, eines Blondschopfes in grünem Pullover, grauen Kniehosen und braunen Wadenstrümpfen. Wer war es? Ein Neuer, offenbar, wenn er auch kein einziges Buch unterm Arm trug. Jedenfalls fühlte ich mich, als er dort nahe der Schwelle unschlüssig stehen blieb und mit seinen blauen Augen — von einem intensiven und gletscherkalten Blau — nach einem freien Platz Ausschau hielt, abgestoßen durch seine Erscheinung, die, bei seinen dünnen Beinen und der gebogenen Nase, etwas von einem kleinen Stelzvogel hatte, und zugleich gerührt von seiner Sorge, ein Nest zu finden. Ich sah ihm zu. Da neben Giorgio Selmi niemand saß (Chieregatti fehlte an diesem Tage), versuchte er zunächst, sich dorthin, in die zweite Bank der ersten Reihe zu setzen. Aber er wurde zurückgewiesen. Der Platz sei nicht frei, erklärte ihm Selmi sofort, er gehöre jemandem, der heute fehle, der ihn aber morgen oder übermorgen, sobald er wieder in die Schule käme, von seinem Platz vertreiben würde. Worauf der andere ohne Widerspruch aufstand und aus der Bank trat. Da stand er, schmächtig, mit zitterndem, hervorstehendem Adamsapfel, der halb vom Kragen seines weißen Hemds eingezwängt war, halb über ihn hinausragte, und ließ von neuem den Blick durch den

Klassenraum schweifen, bis er auf der letzten Bank in der Reihe der für die Mädchen bestimmten Plätze haftenblieb. Es war die leergebliebene Bank, auf die ich mich am ersten Tag selbst hatte verbannen wollen. Flink und entschlossen schritt er den Gang zwischen der zweiten und dritten Reihe entlang, den Blick geradeaus gerichtet, wie jemand, der endlich den Hafen vor sich sieht. Er schwitzte. Kleine Schweißtropfen perlten am Rand der geschwungenen, ein wenig gewölbten Oberlippe. Und diese Einzelheit der Schweißperlen – es war die Beobachtung einer Sekunde, als er an mir vorüberkam und mich beinahe streifte – flößte mir von neuem einen unbestimmten Widerwillen ein. Ebensogut erinnere ich mich an das, was geschah, nachdem Professor Guzzo das Klassenzimmer betreten hatte. Wie er, der Professor, den Neuling einem langen Verhör unterzog (»Beim Bacchus! Wer sind denn Sie?« begann er. »Vielleicht ein Gasthörer?«); und wie ›Pulga, Luciano‹ dem Tyrannen antwortete, wobei er sich als beredt und zungenfertig erwies, sehr bolognesisch und im Stil eines Handelsvertreters; und wie die Klasse feige die witzigen Bemerkungen Guzzos mit allgemeinem lautem Gelächter begleitete; und wie am Ende ich dem Ärmsten zu Hilfe kam, der es gewagt hatte, in die Schule nur mit einem Füllhalter und sonst nichts zu kommen, indem ich ihm nicht nur einen Bogen vom vorgeschriebenen Format gab, wie er ihn unbedingt brauchte, wenn er ebenfalls seine kleine Klassenarbeit schreiben wollte, sondern auch bereitwillig der Aufforderung Guzzos folgte, nach dort hinten zu übersiedeln, auf die letzte Bank, um »Herrn Pulga, Luciano« Gelegenheit zu geben, sich meines Wörterbuches zu bedienen.

Und schließlich erinnere ich mich an die seltsamen Empfindungen, die diese anderthalb Stunden, die ich neben Pulga saß, in mir hervorriefen, in denen er bemüht war, die Rätsel seines griechischen Textes zu lösen. Als mich Professor Guzzo anwies, den Platz zu wechseln (»Da Sie einmal A gesagt haben, als Sie ihm das Papier für die Klassenarbeit anboten, sagen Sie nun auch B, indem Sie vorübergehend an Ihren Ausgangspunkt zurückkehren ...«), da hatte er sich ausgebeten, daß mein Wörterbuch immer auf dem Pult bliebe, sichtbar und genau in der Mitte, damit keiner von uns vom andern abschreiben könne. Aber Pulga schrieb ab, wann und soviel er nur wollte. Er nützte den kleinsten Moment aus, in dem Professor Guzzo abgelenkt war, um von der Seite, über das Wörterbuch von Schenkl hinweg, einen gierigen Blick auf meine Arbeit zu werfen. Er legte dabei eine Technik an den Tag, die, wie ich meinte, so vollkommen nicht sein konnte ohne langjährige Übung, ohne eine erfolgreiche Karriere im Abschreiben. Aber daß er nun bei mir so vertrauensvoll, unter einem so absoluten Verzicht auf jede eigene kritische Stellungnahme abschrieb, allein bedacht darauf, sein Plagiat ohne Schreibfehler zu vollenden: dies, ich wiederhole, erfüllte mich mit den widersprechendsten Gefühlen, in denen sich Vergnügen und Widerwille mischten und denen ich im Grunde, wie ich schon damals entdeckte, hilflos gegenüberstand.

Als wir mittags aus der Schule kamen, war er plötzlich neben mir.

Ob ich mit ihm in eine Buchhandlung gehen wollte, fragte er mich. Im Minghetti-Gymnasium in Bologna, wo er herkam, benutzte man zu einem großen Teil andere Schulbücher, und so befand er sich leider (als ob sein Vater nicht schon genug Unkosten mit dem Umzug gehabt hätte!) in der unangenehmen Lage, sich fast alle Bücher neu kaufen zu müssen. Eine Katastrophe! Wenn er sie wenigstens nach und nach oder vielleicht sogar auf Kredit kaufen könnte ...

Wir gingen, in der bleichen Januarsonne, durch die Via Borgo Leoni, und Pulga, der mich höflich rechts gehen ließ, fuhr in seinen Erklärungen fort. Obwohl Guzzo bereits im Unterricht alles über seine Familie und seine bisherige schulische Laufbahn aus ihm herausgeholt hatte, wiederholte er jetzt für mich, daß sie aus Lizzano in Belvedere gekommen waren, etwa achtzig Kilometer von Bologna, wo sein Vater fast zehn Jahre lang die Stelle eines Gemeindearztes innegehabt hatte. Er, Luciano, habe in Lizzano die Volksschule besucht, die drei unteren Gymnasialklassen aber in Porretta und die folgenden in Bologna, was bedeutete, daß er jeden Tag, den Gott werden ließ, mit dem Zug hin- und hergefahren war. Seine Familie aber – sie waren vier: Vater, Mutter und zwei Brüder – sei durch die Übersiedlung »ins Ferraresische« (wie er sich ausdrückte), zu der es Hals über Kopf gekommen sei, in ernste Schwierigkeiten geraten. Man stelle sich vor: sie hatten noch nicht einmal eine Wohnung!

»Wie ist das möglich!« rief ich erschrocken aus. »Ihr habt überhaupt keine Wohnung?«

Dies schien mir unmöglich zu sein. Die Vorstellung,

daß die Familie eines Arztes, also eine Familie auf der gleichen gesellschaftlichen Stufe wie meine eigene, kein Dach über dem Kopfe hatte, schien mir nicht nur kaum glaublich, sondern schlechthin entsetzlich.

»Und wo schlaft ihr?«

»Im Hotel ›Tripoli‹, an dem großen Platz hinter dem Kastell.«

Nun wußte ich recht gut, was für eine Sorte Hotel das ›Tripoli‹ war! Weniger ein Hotel als ein Restaurant dritter Klasse, in dem mittags Landleute und Stadtreisende verkehrten, des Abends aber das, was meine Mutter »Weibsbilder« nannte. Die Fremdenzimmer lagen im ersten und zweiten Stock. Und der Besitzer des Lokals: ein kleiner, dicker Mann mit in den Nakken geschobenem steifen Hut und einem Zahnstocher zwischen den Goldzähnen; im Sommer saß er ständig in Hemdsärmeln rittlings auf einem Küchenstuhl vor der Tür und vermietete zumeist stundenweise, wobei er selbst die Schlüssel aus der Tasche zog.

»Sicher ist es kein Hotel der ersten Kategorie«, fuhr Pulga fort. »Im Gegenteil«, er grinste, »nachts geht es da ziemlich lebhaft zu. Aber teuer kommt es doch, weißt du. Und ob! Soll ich dir sagen, was wir zu viert am Tage für Kost und Logis zusammen ausgeben?«

»Ich habe keine Vorstellung.«

»Fünfzig Lire.«

»Ist das viel?« fragte ich unsicher.

»Viel? Rechne doch einmal selbst: fünf mal drei macht fünfzehn. Das sind insgesamt tausendfünfhundert Lire im Monat. Mir erscheint das ziemlich viel, oder nicht? Wenn du bedenkst, daß mein Vater als Gemeindearzt in Coronella ein Grundgehalt von genau tausend Lire hat ...«

Ich war bekümmert.

»Und was macht ihr da?«

»Nun, die tausend Lire sind, wie gesagt, das Grundgehalt. Dann kommen Krankenbesuche und Operationen hinzu, vor allem Operationen. Aber was willst du, ehe die auf dem Land ihr Geld herausrücken ... Lieber krepieren sie! Außerdem darfst du nicht die Konkurrenz des Krankenhauses von Ferrara vergessen. Coronella liegt zu nahe an der Stadt. Zehn Kilometer sind keine Entfernung.«

Plötzlich richtete er den Blick seiner kalten blauen Augen fest auf mich.

»Und – entschuldige – was für einen Beruf hat dein Vater?«

»Er ist auch Arzt«, sagte ich verlegen. »Aber er praktiziert nicht.«

»Er praktiziert nicht?«

»Nein. Er macht nur gelegentlich einmal einen Besuch, aber umsonst. Er tut es nur für seine Freunde. Manchmal wird er aber auch von anderen gerufen. Zu einer Beschneidung«, fügte ich mit einer kleinen Anstrengung hinzu.

Er verstand nicht und wandte mir mit fragendem Blick das Gesicht zu. Aber dann faßte er sich plötzlich.

»Ach so, natürlich ... Dann lebt ihr wahrscheinlich von eurem Vermögen?«

»Ich glaube, ja.«

In der Buchhandlung von Malfatti am Corso Roma waren die Schulbücher, die Pulga brauchte, nicht vor-

rätig. Man müsse sie bestellen, erklärte der Gehilfe, und da das Schuljahr längst begonnen habe, sei damit zu rechnen, daß die Bücher nicht vor vierzehn Tagen eintreffen würden.
Ich hätte geglaubt, daß ihn diese Eröffnung ärgern würde, indessen erleichterte sie ihn; jedenfalls hatte ich den Eindruck. Er trocknete sich mit dem Taschentuch die Schweißtropfen, die – es war sehr warm in der Buchhandlung – wieder auf seiner Oberlippe erschienen waren, und übergab dem Angestellten die Liste der zu bestellenden Bücher. Er würde in etwa vierzehn Tagen wieder vorbeikommen, erklärte er. Dann schritt er ohne weiteren Aufenthalt mir voran zur Tür.
Er bestand darauf, mich nach Hause zu bringen. Es war inzwischen fast ein Uhr geworden. Ich versuchte, ihm abzuraten, indem ich ihm erklärte, daß der Weg bis zur Via Scandiana weit sei, so daß er, wenn er mich begleiten wollte, nicht vor zwei Uhr im Hotel sein könne.
»Mach dir deswegen keine Sorgen!« meinte er lachend. »Das wenigstens ist das Schöne an einem Restaurant, daß man essen kann, wann es einem paßt.«
»Ißt du nicht mit deiner Familie zusammen?«
»Theoretisch schon. Aber zum Teil liegt's daran, daß mein Vater immer erst abends in die Stadt kommt, wenn er mit der Sprechstunde fertig ist, zum andern, daß meine Mutter ständig auf Wohnungssuche unterwegs ist ... Kurz, das Ende ist, daß wir nur abends zusammen essen. Das kommt dir komisch vor, was?«
Er sah mir lachend ins Gesicht und reckte dabei das ein wenig vorspringende Kinn (sicheres Anzeichen eines

schlechten Charakters, wie mein Vater behauptete). Und mir war klar, daß er mich beneidete, beneidete um die Ordnung, die wirtschaftliche Sicherheit, die bürgerliche Solidität meiner Familie, aber daß er mich zugleich auch ein wenig verachtete. Aus denselben Gründen.

Er fürchtete wohl, seine Gefühle verraten zu haben. Denn plötzlich begann er, mir mit warmen Worten für meine Hilfe bei der Klassenarbeit zu danken. Wäre ich nicht dagewesen, bereit, ihm zu helfen, dann wüßte er nicht, wie er sich aus der Affäre gezogen hätte; und wie wichtig der erste Eindruck war, den man auf Typen wie Guzzo machte, nun, das war bekannt; es war enorm wichtig. Übrigens: warum bäte ich nicht selber Guzzo darum, ständig bei ihm, auf der letzten Bank, sitzen zu dürfen oder wenigstens, wenn nicht ständig, dann solange er noch nicht im Besitz aller nötigen Schulbücher sei? Dieser Cattolica, neben dem ich saß, mache ihm den Eindruck eines sehr anständigen, sehr wohlerzogenen Jungen; bestimmt könne der was, sogar sehr viel. Und doch, ich möge es mir von ihm sagen lassen, und doch war er nicht sympathisch. Machte er sich nicht ein bißchen wichtig? In seiner ganzen Art und Weise, schon wie er einen andern ansehe, habe er so etwas ...« Er stockte.

»Ich habe dich hoffentlich nicht gekränkt«, sagte er mit einem forschenden Blick in mein Gesicht. »Ihr seid vielleicht gute Freunde ... Sag, seid ihr sehr befreundet?« fragte er besorgt.

Ich wich seinem Blick aus.

»Nein«, sagte ich, »nicht übermäßig.«

Was die Bücher angehe, fuhr ich fort, so brauche er sich deshalb keine Sorgen zu machen. In der Schule könnte ich sie ihm immer leihen. Aber soweit es sich um den Platzwechsel handele, so wüßte ich nicht, ob ich ihm diesen Wunsch erfüllen könne. Nicht, daß ich mit Cattolica so sehr ein Herz und eine Seele wäre. Immerhin waren wir schon über zwei Monate zusammen, und ihn nun einfach allein lassen — wie könnte ich das tun? Schließlich waren wir jetzt ganz gut aufeinander eingespielt.

»Aber mit wem machst du die Hausaufgaben? Mit ihm?«

»Nein. Mit niemandem.«

Wir waren fast am Ziel. Wir kamen von der Via Madama auf die Piazza Santa Maria in Vado und bogen dann in die Via Scandiana ein. Was diese Art von Damm da hinten bedeute, wollte Pulga wissen und zeigte auf den im Nebel verschwimmenden Bug des Montagnone, bis zu dem die Via Scandiana zu führen schien.

Ich blieb vor unserer Haustür stehen, drückte auf den Klingelknopf und schickte mich an, ihm zu erklären, was der Montagnone war. Aber inzwischen hatte etwas anderes sein Interesse erregt.

»Donnerwetter! Das ist ja ein wahrer Palast!« meinte er ernsthaft.

Er trat bis zur Mitte der Straße zurück, um die Fassade als Ganzes auf sich wirken zu lassen.

»Gehört euch das allein?«

»Ja.«

»Wieviel Zimmer das wohl sein mögen!«

»Ja, eine ganze Menge ... Im ersten und zweiten Stock zusammen werden es rund fünfzig sein.«
»Und benützt ihr die alle selbst?«
»Natürlich nicht. Wir wohnen im zweiten Stock, den ersten haben wir vermietet.«
»Das heißt also, daß ihr etwa zwanzig Zimmer für euch habt, stimmt's?«
»Ja, so ungefähr.«
»Aber wieviel seid ihr denn in der Familie?«
»Fünf. Meine Eltern und drei Geschwister – ich, mein Bruder Ernesto und meine Schwester Fanny. Außerdem mußt du noch die Dienstmädchen hinzurechnen.«
»Wieviel habt ihr?«
»Zwei... und eine Aufwartefrau, die stundenweise kommt.«
»Zwanzig Zimmer! Ich stelle mir vor, was es kostet, sie alle zu heizen. Und die Mieter?«
In diesem Augenblick sprang das Schloß der Haustür auf. Ich blickte nach oben. Meine Mutter stand am Fenster.
»Wieso kommst du so spät?« fragte sie, mit einem Blick auf Pulga. »Los, komm. Papa ist schon bei Tisch.«
»Guten Tag, gnädige Frau«, grüßte Pulga mit einer leichten Verbeugung.
»Guten Tag.«
»Er ist ein Schulkamerad«, erklärte ich. »Luciano Pulga.«
»Sehr erfreut«, lächelte meine Mutter herab. »Aber jetzt komm herauf, wenn du nicht willst, daß Papa böse wird.«
Sie trat vom Fenster zurück und schloß es. Aber Pulga

zögerte noch immer zu gehen. Er trat auf die Haustür zu, stieß sie sachte auf und steckte den Kopf durch den Spalt.
»Darf ich für einen Augenblick eintreten?« fragte er und wandte sich nach mir um. »Nur um einen Blick auf den Garten zu werfen.«
Er ging mir voran über die Schwelle. Er schwieg und nahm ehrfürchtig die Mütze ab. Unverwandt geradeaus blickend, auf den Garten, den man im Hintergrund sah, machte er ein paar Schritte auf Zehenspitzen. Ich beobachtete ihn. Er bewegte sich auf dem gebohnerten, mit grünen und weißen Fliesen belegten Fußboden mit der ihm eigentümlichen, ein wenig hölzern anmutenden Behutsamkeit eines kleinen, einsamen Sumpfvogels.
Er blieb stehen. Noch immer schweigend, den Rücken mir zugewandt, blickte er geradeaus.
Wie von selbst bewegten sich meine Lippen, als ich sagte:
»Willst du heute nachmittag wiederkommen und mit mir Schularbeiten machen?«

5

Meine Mutter war glücklich, daß ich einen neuen Freund gefunden hatte.
Luciano gefiel ihr sehr, und das vom ersten Nachmittag an. Als sie ins Zimmer kam, erhob er sich nicht nur, sondern küßte ihr auch die Hand. Diese mit bemerkenswerter Gewandtheit ausgeführte Geste hatte sie

im Nu für ihn gewonnen. Es dauerte nicht lange, bis sie mit dem Teetablett erschien — ein außergewöhnlicher Tee, mit Butter, Honig, Johannisbeermarmelade, Toasts und Pfefferkuchen — und sich zu uns setzte, um uns bei unserem Imbiß Gesellschaft zu leisten. Sobald sie mit Luciano sprach, trat in ihre braunen Augen ein zärtlich-mütterlicher Ausdruck. Sie erkundigte sich nach seinem Ergehen, fragte ihn nach seiner Familie, interessierte sich für die beruflichen Probleme seines Vaters und machte sich die Sorge seiner Mutter zu eigen, die auf der Suche nach einer Wohnung vom Morgen bis zum Abend unterwegs war und der sie diesbezüglich ihre ganze Hilfe anbot. »Ihre arme Mutter!« seufzte sie. Sie solle nur ja anrufen, wann immer sie etwas brauche; es würde ihr eine Freude sein, nicht nur selber zu helfen, sondern auch all ihre Freundinnen für sie zu mobilisieren.

»Ein reizender Junge, dein Schulkamerad«, sagte sie noch am gleichen Abend beim Essen. »Ja, *der* ist höflich und wohlerzogen!«

›Der‹ — offenbar spielte sie auf Otello Forti an, den sie in ihrer Eifersucht immer etwas allzu ungehobelt und mürrisch gefunden hatte. Ich ärgerte mich und schwieg. Allerdings, dachte ich, die Augen starr auf meinen Teller geheftet, hatte ich die Schularbeiten immer lieber bei den Fortis in der Via Montebello gemacht als bei mir. Aber was hatte das zu sagen? Was konnte Otello dafür, daß ich von jeher, seit uns der Lehrer Roncati in der Volksschule nebeneinander gesetzt hatte, in die erste Bank der Mittelreihe, dem Katheder genau gegenüber, lieber bei ihm, in seinem Hause, Schularbeiten gemacht hatte? Zugegeben, wenn es auf Handküsse, Ziererereien und mondäne Komplimente ankam, dann war von Otello nichts zu erwarten. Dafür war er offen und aufrichtig, vielleicht ein bißchen zu sehr ...

Frau Pulga rief an, und meine Mutter berichtete uns sogleich von ihrem Gespräch.

Mit dünnem Stimmchen, das wohl erschöpft, aber sehr sympathisch klang, habe die Dame beredt gedankt. Gleich zu Beginn hatte sie mitgeteilt, daß sie eine Wohnung gefunden habe (hinter der Porta Reno, an der Straße nach Bologna, die ja auch die Straße nach Coronella war), so daß sich deshalb nun niemand mehr zu bemühen brauche. Aber ihr Luciano! Wie könnten sie und ihr Mann je vergessen, was wir alle für ihren Luciano taten!

»Dank, von Herzen Dank, liebe Dame«, hatte sie geendet. »Im Augenblick ist es noch nicht möglich, weil wir noch die Möbel in die Wohnung stellen müssen – wenn Sie wüßten, was die Einlagerung im Möbelspeicher kostet! –, aber in vierzehn Tagen etwa werden wir uns erlauben, mein Mann und ich, Sie wieder anzurufen. Auch mein Osvaldo möchte ja, als Arzt, so gern Ihren Gatten kennenlernen!«

»Als Arzt?« brummte mein Vater und verzog das Gesicht, im Grunde aber nicht unzufrieden, wie man ihm ansah; es freute ihn immer, wenn sich jemand daran erinnerte, daß er Doktor der Medizin war. »Du wirst sehen, er wird mich um Geld bitten ...«

Aber Doktor Pulga wollte kein Geld, zumindest nicht von meinem Vater. Als er ein paar Tage später (ohne seine Frau) bei uns erschien, erklärte er freimütig, er sei gekommen, um einen ›Kollegen‹ kennenzulernen und sich mit ihm ein bißchen zu unterhalten. Alsdann begann er, von sich zu erzählen. Er hatte in Modena studiert, in den Jahren 1908 bis 1913, 1914 geheiratet, von 1915 bis 1917 an den Kämpfen im Karst teilgenommen und 1918 an denen auf dem Montebello. 1920 hatte ihn seine Mittellosigkeit gezwungen, die Stelle eines Gemeindearztes in Lizzano in Belvedere anzunehmen. Nach zehn sehr schweren Jahren habe er sich dann entschlossen, sie aufzugeben, um dafür Gemeindearzt von Coronella zu werden. Natürlich sei Ferrara, fügte er hinzu, als Stadt mit Bologna überhaupt nicht zu vergleichen. Aber, abgesehen von dem Umstand, daß Coronella sehr nah bei Ferrara lag, habe er nicht den Eindruck, daß die Medizinerkreise von Ferrara wie die von Bologna von einer zahlenmäßig geringen Camorra beherrscht würden und deshalb wie hermetisch abgeriegelt seien gegen jegliche ›Infiltration‹. Er selbst kannte, das durfte er behaupten, sie alle, die Ärzte von Bologna, vom alten Murri angefangen bis zu Schiassi, Nigrisoli, Putti, Neri und Gasbarrini. Bei Bartolo Nigrisoli, dem Chirurgen, verkehre er sogar freundschaftlich im Hause.

Doktor Pulga, ein Mann von kleiner Statur, mit rotem Gesicht, vielmehr dem violetten des Herzkranken, und grünen rollenden Basedowaugen, die hinter den Gläsern seines Kneifers funkelten, Doktor Pulga, erklärte mein Vater, habe ihm ganz und gar nicht gefallen. Dieses Lästermaul! Da behauptete er, mit dem und jenem in Bologna gut Freund zu sein, ja intim befreundet mit der halben Universität und dem halben Krankenhaus von Sant' Orsola – und dabei machte er sie alle schonungslos herunter! Bartolo Nigrisoli, zum Beispiel, gegenwärtig vielleicht der beste Chirurg Italiens, war von jeher Antifaschist gewesen. Kein Grund zur Überraschung, daß er seinen Ideen treu geblieben ist. Aber zu wünschen, wie Doktor Pulga die Stirn hat zu tun, daß ihn die Universität von Bologna hinauswerfe, weil sein Unterricht dort so viele junge Leute zu »korrumpieren« drohe (und sich bei alledem seinen Freund zu nennen, Freund auch seiner Familie), das war einfach eine Ungeheuerlichkeit! Und schließlich: War es erlaubt, um halb vier zu kommen und dann, nachdem man es sich in einem Sessel bequem gemacht hat, seinen Besuch bis acht Uhr auszudehnen? Mit solchen Leuten möge man ihm, um Himmels willen, vom Leibe bleiben! Falls Herr Doktor Pulga noch einmal anrufe, solle man ihm entweder ausrichten, daß er nicht zu Hause sei oder daß er krank und bis zum Hals eingepackt zu Bett liege!

Aber Luciano? Wie war Luciano?

In physischer Beziehung war das erste Gefühl leichten Widerwillens geblieben; die Gewohnheit des täglichen Zusammenseins hatte daran nichts geändert. Obwohl er einen sauberen Eindruck machte und ordentlich angezogen war, gab es immer irgend etwas an ihm, was mich störte. Und wenn es nur die Schweißperlen waren, die bei der geringsten Erregung auf dem blonden Flaum seiner Oberlippe erschienen, oder die schwarzen Pünktchen, die mehr oder weniger über das ganze wachsbleiche Gesicht, am dichtesten aber an den Schläfen und um die Nasenflügel herum, verstreut waren, oder auch dies, wie sich sein Kinn mit einem Ruck seitlich verschob, sobald er ein Z sprach, oder, ich weiß nicht, die merkwürdigen gelblichen Verhärtungen der Haut an seinen Handflächen – er hatte große, magere Hände, Hände, die an einen Buckligen denken ließen. Aber im übrigen muß ich gestehen, daß mir, zumal am Anfang, seine Bescheidenheit – die Bescheidenheit eines Flüchtlings – und seine vollkommene Unterwerfung als mein Untergebener und Schützling ein Gefühl der Genugtuung gaben, das etwas Berauschendes hatte. Meine Beziehungen zu Otello waren im Grunde nie ganz einfach gewesen. Meine Überlegenheit nahm er hin, ließ sie mich dann aber auf mannigfache Weise büßen. Zum Beispiel mit seiner ständigen Brummigkeit, seinem Störrischsein, das eines Maulesels würdig war, mit der Art, wie er zu mir ins Haus kam, die paar Male, die er sich dazu herabließ: widerstrebend, seufzend und stöhnend. Und hier war nun ein so grundverschiedener Mensch. Für ihn bedeutete unser Haus (er sagte es mir am ersten Tag, als ich ihn von Zimmer zu Zimmer führte, um ihm unsere Wohnung zu zeigen) das schönste, komfortabelste und freundlichste Haus, das er je gesehen; meine Mutter war die sympathischste und liebenswürdigste aller Mütter und ich, wenn es sich um die Schularbeiten handelte, ein wahrer Ausbund von Tüchtigkeit und Scharfsinn, ein Orakel, auf das man still, mit religiöser Ehrfurcht lauschte. Obwohl er weder dumm noch unbegabt war – im Laufe eines Monats hatten ihn alle Professoren einmal aufgerufen und abgehört, Professor Guzzo wie die Krauss, Professor Bianchi wie Razzetti (für Geschichte und Philosophie), und stets hatte er sich mit Klauen und Zähnen verteidigt; ja, Mazzanti hatte für ihn nie, so schwer es ihm auch fallen mochte, weniger als eine Fünf in sein Privatregister eintragen können – ließ er mich in aller Ruhe mit den Schwierigkeiten allein fertig werden, ließ mich laut diktieren, was ich wollte, und beschränkte sich am Ende, während er noch die letzten Sätze in sein Heft schrieb, mit seiner großen, klaren, ein wenig eckigen, femininen Handschrift, auf laute Ausrufe der Zustimmung und respektvollen Bewunderung wie: »Bravo!« oder: »Du bist wirklich eine Kanone!« oder: »Ich habe noch nie jemanden gesehen, der so wie du aus dem Griechischen übersetzen kann!«, auch: »Du hast es gut!« und ähnliches mehr. Wie ruhig und friedlich waren die Nachmittage mit Luciano Pulga! Was für ein Unterschied zwischen ihm, der den Mund nicht aufmachte (praktisch besorgte ich das Übersetzen allein, so daß meine Mutter, falls sie sich auf Zehenspitzen an die Tür geschlichen hätte, um zu lauschen – und es war nicht ausgeschlossen, daß sie es tat, denn mehr als einmal hatte ich das Parkett im Nebenzimmer knarren hören –, immer nur ein und dieselbe Stimme vernommen hätte: meine), und Otello, der nur sprach, um zu widersprechen und den Anwalt des Teufels zu spielen! Aber ich brauchte nicht nur an Otello zu denken. Angenommen, es wäre mir geglückt, wie ich mir einmal gewünscht hatte, in den Kreis Cattolicas aufgenommen zu werden. Man stelle sich vor, was für ein ›bequemes‹ Leben mich da erwartet hätte! Denn die Rivalität, die uns in der Schule trennte, geschürt durch die unvermeidliche Gegenwart von Boldini und Grassi, hätte in seinem Hause fortbestanden. Ja, in seinem, in Cattolicas Haus; denn wo wir uns zur gemeinsamen Arbeit getroffen hätten, diese Frage hätte gar nicht zur Diskussion gestanden. Da hätte es geheißen: entweder zu ihm gehen oder allein bleiben; alle Bedingungen annehmen oder auf alles verzichten ...

Er erschien jeden Nachmittag gegen vier Uhr, und er ging nicht vor halb acht, acht wieder fort. Natürlich arbeiteten wir nicht unaufhörlich. Abgesehen von der halben Stunde, die dem Tee gewidmet war, unterbrachen wir auch sonst hin und wieder die Arbeit und unterhielten uns. Und da war es Luciano, der bestimmte, der plötzlich energisch und ohne zu fragen anordnete, wann wir für meinen armen, angestrengten Kopf eine Erholungspause einlegten, und der auch wieder darüber befand, wann es nun der Ruhe und Zerstreuung genug gewesen sei, und mich mahnte, mit der Arbeit fortzufahren.

Während der Pausen aber war er in jeder Weise bemüht, mich zu unterhalten und zu zerstreuen, ja zu amüsieren. Für so manches stand er in meiner Schuld: für die Protektion, die ich ihm vom ersten Tage an gewährt hatte, für die Bücher, die ich ihm noch immer lieh, für die Gastfreundschaft, die er in meinem Hause genoß, und für die Schularbeiten, die im Grunde ich für ihn machte. Und er nun – so schien er sagen zu wollen –, er lohnte es mir mit dem bescheidenen, aber auch nicht zu verachtenden Geschenk seiner Gegenwart, seiner anregenden Unterhaltung. War das wenig? Vielleicht. Aber daß ich es wüßte: mehr hatte er nun einmal nicht zu geben.

Er hütete sich wohl, mit irgend etwas zu prahlen. Immer wieder erklärte er, wie fern ihm jeglicher Ehrgeiz sei, ihm, der zufrieden war, »verbannt zu sein in den Limbus jener Schüler, die zwischen einer Fünf und einer Sechs in der Schwebe sind«, denn – er sagte es mit einem Lächeln – wer, ob im Guten, ob im Bösen aufzufallen sucht, wer sich in dem einen oder anderen Sinne hervortun möchte, der müsse eines Tages »seinen Tribut entrichten«. Es war, als wollte er sagen: »Ich weiß, daß mit mir nicht viel los ist, ich weiß es gut.« Und doch fühlte ich in jedem seiner Sätze sein unausgesprochenes, aber festes Vertrauen, mir nützlich und vielleicht sogar unentbehrlich zu sein. Ich spürte es in der Art, wie er mit mir über die Schule sprach, wenn er zum Beispiel Mazzantis Gerechtigkeitssinn in Zweifel zog (seiner Meinung nach nahm Mazzanti in dem Wettkampf zwischen mir und Cattolica schamlos für diesen Partei); oder wenn er andeutete, daß man von dort hinten, von der letzten Bank aus – ein Platz, der einem unleugbar manches Opfer abverlangte, der aber auch hier und da seine Vorteile hatte –, daß er also von dort aus einen viel klareren und objektiveren Eindruck von der Klasse gewinnen konnte, als mir das möglich gewesen wäre, der ich mitten im Kampf stand, im täglichen, mühsamen, wohl ruhmreichen, aber auch kleinlichen Ringen um den ersten Platz.

Da er – nicht zu Unrecht – überzeugt war, daß ich es gern hörte, ließ er keine Gelegenheit vorübergehen, ohne vor mir schlecht über Cattolica zu sprechen.

Nach seiner Auffassung war Cattolica nur ein aufgeblasener Luftballon. Um nicht von Anwesenden zu sprechen – aber wollte ich einmal die Intelligenz eines Boldini oder vielleicht auch eines Giorgio Selmi mit der Cattolicas vergleichen? Bei Boldini war die Sache die, daß er auf den ersten Platz keinen Wert legte (auch die Berufung zum Steigbügelhalter war anzuerkennen ...), und noch weniger Wert legte Selmi darauf, der außer einer Sieben im Durchschnitt, die ihm den Erlaß der Hälfte des Schulgeldes sicherte, gar nicht mehr erstrebte. Ein Büffler wie Chieregatti, nur schlauer und mit größerem Organisationstalent, das war im Grunde Cattolica. Der Beweis war, daß Guzzo, der ja kein Dummkopf war und sich nicht wie die Krauss und Razzetti von den Glanzleistungen seines Gedächtnisses blenden ließ, wenn er einmal eine Antwort etwas außerhalb des gewohnten Rahmens erwartete, nicht zu Cattolica ging, sondern wohl wußte, an *wen* er sich zu wenden hatte. Ich hatte, zugegeben, keine Neigung zu den naturwissenschaftlichen Fächern, oder, genauer gesagt, ich hatte nur in den Fächern, die ich gern hatte, in Italienisch, Latein, Griechisch und so weiter, Erfolg. Aber ich brauchte mich nur ein klein wenig anzustrengen (hatte ich nicht im vorigen Jahr bei der Wiederholung der Mathematikprüfung mit einer Acht bestanden?), und er ginge jede Wette ein, daß auch in Mathematik, Physik und Biologie Signor Cattolica jämmerlich unterliegen würde.

»Aber nein, das glaube ich nicht«, wehrte ich schwach ab. »Von Mathematik habe ich nie etwas verstanden.«

»Du hast nichts davon verstanden, weil du es nie gewollt hast.«

»Mag sein. Aber ist das nicht am Ende dasselbe?«

»Es ist nicht dasselbe. Fähigkeit und Wille sind zwei verschiedene Dinge.«
»Meiner Ansicht nach ist es eine Frage der Hirnsubstanz, der Hirnanatomie, die über Eignung oder Nichteignung entscheidet.«
Diese lächelnd hingeworfene Bemerkung rief Lucianos lebhaften Widerspruch hervor. Wie konnte ich solchen Unsinn behaupten? Ausgerechnet ich!
Ich sah es seinem ernsten und ungemein respektvollen Blick an, daß er nur auf ein Zeichen der Zustimmung wartete, um mich an die mathematische Begabung meiner Rasse zu erinnern (auch mein Vater, ein Zahlengenie, war überzeugt, daß wir Juden die besten Mathematiker der Welt seien, und schrieb – beinahe ernst gemeint – meine geringe Begabung auf diesem Feld dem Bauernblut meiner Großmutter Maria zu). Jedenfalls aber tat ich so, als verstünde ich nicht, was Luciano sagen wollte, und ließ das Thema fallen.
Doch er hatte recht: Er wurde mir allmählich unentbehrlich. Ich erinnere mich in diesem Zusammenhang an einen Nachmittag Ende Februar, an dem sich Luciano wegen des Schneefalls bei mir verspätete.
Man hatte schon nicht mehr damit gerechnet, als es plötzlich an diesem Morgen kurz nach neun Uhr zu schneien begann. Es war schön und spannend, vom Klassenzimmer aus dem schweigsamen Schauspiel der vor dem schwärzlichen Hintergrund der Kirche del Gesù langsam fallenden Schneeflocken zuzusehen und dann mittags die Via Borgo Leoni ganz weiß verhüllt wiederzufinden. Es gab den bei solchen Gelegenheiten üblichen Jubel, und es entwickelte sich eine allgemeine

Schneeballschlacht, bei der wir uns aus den Augen verloren. Aber das hatte nichts zu sagen, da es sich von selbst verstand, daß Luciano wie immer gegen vier Uhr zu mir kommen würde.
Statt nachzulassen, verdichtete sich noch der Schneefall am Nachmittag. Um fünf Uhr ergriff mich seltsamerweise Unruhe. Ich fragte mich, ob sich Luciano bei diesem Wetter entschließen würde, zu Fuß diesen weiten Weg von der Gegend des Rindermarkts bis zur Via Scandiana zu machen. Vielleicht kommt er heute nicht, dachte ich, als ich aus dem Fenster sah. Vielleicht war es besser, daß ich nun allein mit den Schularbeiten begann.
Ich setzte mich an den Schreibtisch, aber das Licht, das unter dem grünen Lampenschirm hervor auf mein Heft und die aufgeschlagenen Bücher fiel (das Wörterbuch und den Text aus dem ersten Buch der Ilias links, das Heft vor mir, fast vor der Brust, genau dort, wo jetzt das Blatt Papier liegt, auf dem ich schreibe), das ruhige, bläuliche Licht der Lampe verhalf mir nicht dazu, meine Gedanken zu sammeln. Die Pulga, überlegte ich mir, hatten in ihrer Wohnung noch kein Telephon. Trotzdem war anzunehmen, daß Luciano, wenn er heute nicht mehr kommen wollte, eine Möglichkeit fände, mich zu benachrichtigen, indem er sich aufraffte und bis zu der Drogerie ging, die sich fünfzig Meter von ihrem Haus befand, und mich von dort aus anrief. Luciano hatte mir selbst gesagt, daß sie in allen dringenden Fällen dort ihre Telephongespräche erledigten.
Um halb sechs stand ich wieder vom Schreibtisch auf und trat ans Fenster. Draußen war es schon dunkel.

Und wenn ich nun zu Luciano gegangen wäre? Von allem anderen abgesehen, wäre es nur recht und billig gewesen.
Ich öffnete das Fenster, steckte den Kopf hinaus in die frische Luft und sah hinunter auf die Straße. Es schneite noch immer, aber nicht mehr in dichten Flocken, eher als eine Art von Staub, der gewichtlos um das gelbliche Licht der Straßenlaternen tanzte. Unten auf der Straße hatte eine dichte Schneedecke von makelloser Weiße alles bedeckt und eingeebnet. Fahrdamm und Bürgersteig waren nicht mehr zu unterscheiden.
Und da erkannte ich plötzlich dort unten, während mir das Herz wie rasend bis zum Halse klopfte (rasend vor Freude, in die sich, wie üblich, ein Widerwille mischte) – erkannte ich Luciano, wie er eben in diesem Augenblick rasch ins Haus trat.

6

In der ersten Zeit nahm Luciano, wenn er mich unterhalten wollte, Zuflucht zu zwei gleichermaßen unerschöpflichen Repertoires. Entweder er erzählte mir Witze im Bologneser Dialekt, oder er schöpfte aus seinen Kindheitserinnerungen. Auch sie waren vorwiegend komisch. Schauplatz waren Lizzano in Belvedere und die Gebirgsdörfer der Umgegend (Porretta, Vidiciatico, La Madonna dell' Arco, Il Corno alle Scale – Ortsnamen, die mir rasch vertraut wurden), und ihr wahrer Held war stets er, auch dann, wenn scheinbar sein Vater, seine Mutter oder sein Bruder Nando die

Hauptpersonen waren. Die Rolle, die er sich selbst in seinen Erzählungen vorbehielt, war immer dieselbe: die des schlauen, geschickten und scharfsinnigen Burschen, der nicht nur mit dem Kopf, sondern auch mit den Händen und Füßen flink war. Vielleicht waren es nur Erfindungen und Phantastereien. Aber was tat's? Ich hatte meinen Spaß daran. Ich lachte. Es war, wie wenn ich im Film eine der Possen mit Ridolini oder Chaplin sah. Und auch Luciano war zufrieden: mit seinem Auftritt und dem Erfolg, den er damit hatte.
In der folgenden Zeit aber änderte sich das Thema seiner Unterhaltung.
Es begann ganz zufällig, an einem Märzabend, wenn ich mich recht erinnere, einem Abend, an dem sich ein heftiges Gewitter entladen hatte.
Um sieben Uhr erhob er sich plötzlich.
»Gehst du schon?« fragte ich.
»Ich glaube, es ist Zeit.«
»Willst du nicht zum Abendessen bleiben? Wenn du Lust hast, sage ich meiner Mutter Bescheid.«
Er sah mich an. Er hatte schon begonnen, den Lederriemen um seine Bücher zu schnallen und hielt nun inne.
»Danke, tausend Dank«, stotterte er und streckte mehr denn je das Kinn seitlich vor. »Aber ich möchte nicht stören.«
Ich erhob mich und lief zur Tür.
»Warte einen Augenblick!«
Ich wandte mich um. Wie er da im Schein der Schreibtischlampe stand, erschien er mir noch bleicher als sonst mit den tiefumschatteten dunkelblauen Augen in sei-

nem kleinen, mageren Gesicht, mit der gekrümmten Nasenwurzel darüber und der kastenförmigen Stirn.
»Laß doch! Zu Hause werde ich erwartet.«
Ich wandte ein, daß wir nur in der benachbarten Drogerie anzurufen brauchten.
»Gut. Aber nach dem Essen ...«, sagte er unsicher, ohne seinen Blick von mir zu wenden, »ich kann doch nicht auch noch zum Schlafen hierbleiben.«
Ich zögerte. Die Vorstellung, mein Zimmer mit ihm zu teilen, behagte mir nicht.
»Warum nicht?« brachte ich mit Anstrengung hervor und ging an den Tisch zurück. »Wir könnten ein Klappbett in meinem Zimmer aufstellen.«
Er antwortete nicht. Er trat ans Fenster und blickte durch die Scheiben hinaus.
»Regnet es noch?« fragte ich.
»Es scheint nachzulassen.«
Er trat vom Fenster zurück und setzte sich in einen Sessel.
»Im Grunde hatten wir es im Hotel ›Tripoli‹ besser«, sagte er. »Nicht nur, daß es bequemer lag, es war auch amüsanter. Da draußen am Rindermarkt ist es vielleicht im Sommer schön, aber im Winter ist es schlimmer als Lizzano. Vielleicht liegt es daran, daß es ein Neubau ist, aber du kannst dir nicht vorstellen, wie kalt und feucht es ist!«
Ob sie keine Zentralheizung hätten, fragte ich.
Es war eine alltägliche Frage ohne besondere Bedeutung. Aber während ich sie stellte, warnte mich plötzlich irgend etwas vor einer drohenden Gefahr. Ich fühlte mit einemmal, wie wir in eine Intimität gerie-

ten, vor der wir uns bisher gehütet hatten und die ich unter keinen Umständen zulassen durfte.
Aber es war bereits zu spät. Denn Luciano erklärte mir gerade, daß sein Vater statt eine Zentralheizung anlegen zu lassen, was einstweilen noch ihre finanziellen Möglichkeiten überstieg, zwei Kachelöfen vom Typ Becchi gekauft hatte. Diese Öfen funktionierten ausgezeichnet, unter der Bedingung, daß die Ofenrohre gerade nach oben gingen. Sein Vater dagegen, als der »eigensinnige Idiot«, der er immer gewesen war, hatte sich in den Kopf gesetzt, die Rohre in halber Höhe durch sämtliche Zimmer zu führen. Die Folge: man brauchte nur ein Stück Papier anzuzünden, und die ganze Wohnung war augenblicklich voller Rauch. Es war zum Ersticken.
Ich war aufs höchste verwundert: über den »eigensinnigen Idioten«, diese überraschende Aufgabe aller Zurückhaltung und Behutsamkeit. Was war geschehen, fragte ich mich erschrocken. Was würde folgen?
Obwohl ich mich erinnerte, welch ungemein schlechten Eindruck Dr. Pulga auf meinen Vater gemacht hatte, suchte ich ihn jetzt zu verteidigen. Aber Luciano griff ihn nur um so heftiger an. Nicht allein, daß sein Vater ein Idiot war, wiederholte er, nein, er sei auch noch geizig und gewalttätig. Ich möge ihn das ruhig aussprechen lassen. Oft, wenn er schlechtgelaunt nach Hause kam – und das geschah ziemlich häufig –, prügelte er die ganze Familie.
Waren auch das Erfindungen und Phantastereien? Vielleicht. Jedenfalls vertrugen sie sich schlecht mit seinen vorangegangenen Erzählungen, in denen Dr.

Pulga als ein heroischer Arzt erschien, der nachts davonhastete, von seinem jungen Sohn begleitet, auf dem Wege zu einem einsamen Bauernhaus in den Apenninen, und der dann bei seiner Ankunft von dem listigen Bauern darüber aufgeklärt wurde, daß nicht seine junge Frau ihre Niederkunft erwartete, sondern seine Kuh, die ebenfalls das erste Mal dran wäre. Aber es kam auch hier nicht auf die Wahrheit an. Vielmehr auf den veränderten Ton, den er mir gegenüber anschlug, diese unvermittelte, taktlose Härte und den unliebenswürdigen, bitteren Klang seiner Stimme.

»Wie«, fragte ich, sprachlos. »Schlägt er auch ... deine Mutter?«

»Sie vor allem, der Schuft!« entrüstete sich Luciano. Obwohl, wie er grinsend hinzufügte, die Unglückliche es augenscheinlich darauf abgesehen hatte, von ihm geprügelt zu werden. Denn im Grunde bereitete es seiner Mutter Vergnügen, wenn sie geschlagen wurde. Das war die unleugbare Wahrheit. Und sein Vater, der sie genau verstanden hatte, befriedigte sie, so gut er konnte.

Er brach in Gelächter aus.

»Ja, die Geheimnisse des menschlichen Herzens! Was glaubst du denn? Daß man sich nur vor den Männern ekeln muß? Auch vor den Frauen, verlaß dich darauf!« Das Hotel ›Tripoli‹, fuhr er fort, war auch in dieser Hinsicht besser gewesen (abgesehen von der kochend heißen Zentralheizung), da es ein weit genaueres Bild vom Leben bot, ohne »die Pille im geringsten zu versüßen«, vom Leben, wie es wirklich und wahrhaftig war. Hatte ich nie den Wirt gesehen, dieses Schwein mit dem deutschen Namen Müller, der immer unten hinter der Kasse des Restaurants saß, mit dem Zahnstocher zwischen den Goldzähnen? Nun, die Paare, die die Absicht hatten, gemeinsam »ein kleines Nachmittagsschläfchen« zu machen, brauchten gar nicht erst im Restaurant etwas zu verzehren. Es genügte, daß sie geradenwegs zwischen den Tischreihen hindurch auf ihn zugingen, und sofort gab er ihnen den Schlüssel. Was hatte er lachen müssen beim Anblick der Pärchen, die sich da präsentierten! Zumeist waren es Burschen vom Lande, im Schlepptau von Huren, die sie auf der Straße aufgegabelt hatten; manchmal aber waren es auch junge Leute aus der Stadt, die gleichsam als Vorhut allein eintraten, den Schlüssel holten und auf der Treppe nach oben verschwanden, bis ihnen eine Minute später ihr kleines »Küken« folgte, das »ganz schuldbewußt« hineinhuschte. Aber was heißt da Küken? Wäre es nur so! Statt dessen handelte es sich oft genug um eine ausgewachsene »Henne« von vierzig Jahren, eine Mutter, wenn nicht Großmutter, die aus allen Poren des lederhäutigen Gesichts die Sünde schwitzte. Es waren die »Gattinnen« von Ingenieuren, Rechtsanwälten oder Ärzten — man konnte es mit bloßem Auge erkennen. Damen der besten Gesellschaft also, die durchaus imstande gewesen wären, sich am gleichen Abend in einer Loge des Stadttheaters zu zeigen oder auch am Tage darauf in ihrer Parteiuniform auf dem Viale Cavour vorbeizumarschieren und *coram populo* dreist mit dem Hintern zu wackeln. Es war wirklich zum Lachen!

Der Wecker auf dem Schreibtisch zeigte halb acht. Das Parkett im Nebenzimmer knarrte. Meine Mutter er-

schien auf der Schwelle und beobachtete uns wohlgefällig.
»Seid ihr fertig?«
Ich sah sie an wie eine Erscheinung. »Ja«, antwortete ich, »wir sind fertig.«
Luciano war mit seiner üblichen Gewandtheit aufgesprungen.
»Du Ärmster!« sagte meine Mutter voller Mitleid. »Bei diesem Regen zu Fuß bis über den Hafen hinaus zu müssen! Hast du einen Schirm? Und Gummischuhe? Wenn du zum Essen bleiben willst, dann laß dich nicht lange bitten!«
»Danke, gnädige Frau«, antwortete Luciano. »Aber wie ich schon zu ihm sagte« – er wies auf mich –, »ich möchte lieber nicht bleiben. Wenn meine Eltern vergebens auf mich warten müssen ... Sie haben es nicht gern, wissen Sie.«
Aber meine Mutter gab nicht nach. Warum nicht anrufen und seine Eltern um die Erlaubnis bitten? Aber Luciano ließ sich nicht überreden. Sie standen sich gegenüber: er neben dem Sessel, höflicher und gezierter denn je, sie von der Schwelle her ihn mit einem zärtlichen Blick aus ihren kastanienbraunen Augen umfassend. Ich war sitzen geblieben und sah nun von einem zum andern. Ich beobachtete, wie sich ihre Lippen bewegten, aber das meiste von dem, was sie sagten, verstand ich nicht; ich hörte es nicht.
Schließlich zog sich meine Mutter zurück.
»Ich kann dir sagen«, nahm Luciano mit leiser Stimme das unterbrochene Gespräch wieder auf, nachdem er sich mit einem Blick vergewissert hatte, daß die Tür

geschlossen war, »da hatte man seine Unterhaltung, da gab's was zu lachen. Vor allem zu lachen.«
Nachts wurde das ›Tripoli‹ zu einer Art von Hafenlokal, setzte er seine Schilderung fort. Er schlief in einem Zimmer mit seinem Bruder Nando, den allerdings, sobald er unter die Bettdecke gekrochen war, selbst Kanonenschüsse nicht geweckt hätten, weshalb er auch nichts hörte, das Unschuldslamm, weder die allabendlichen Streitereien, die seine Eltern im Nebenzimmer vor dem Schlafengehen aufführten (und die oft genug mit einer regelrechten Prügelei endeten), noch die Geräusche verschiedenen Ursprungs, die durch die gegenüberliegende dünne Wand drangen. Hinter dieser Wand wurde die »Arbeit« ununterbrochen fortgesetzt. Die ganze Nacht hindurch hörte man das Stöhnen, Seufzen und Quietschen. Eine Katastrophe, wenn man schlafen wollte. Aber wer dachte schon an Schlafen? Das Unschuldslamm, Nando, natürlich. Er aber dachte nicht im geringsten an Schlaf. Bis spät in die Nacht hinein blieb er auf, im Nachthemd, das Ohr an die Wand gepreßt, munter wie eine Grille und bedacht, an den wechselseitigen Stimmen die verschiedenen »Wachablösungen« festzustellen. In manchen Nächten lösten sich in dem Zimmer nebenan bis zu fünf Paare nacheinander ab. Hin und wieder stand er auf und sah zu.
»Du hast zugesehen?!«
»Natürlich. Durch das Schlüsselloch in der Verbindungstür.«
»Und ... was hast du gesehen?«
»Was ich gesehen habe? Nun, es klappte nicht immer,

leider, weil das Bett gerade vor dem Schlüsselloch stand. Außerdem war es sehr hoch, wie diese Ehebetten sind. Aber einiges habe ich trotzdem gesehen, das kannst du mir glauben.«

Einmal zum Beispiel habe er über das Kopfende des Bettes aufragend einen Rücken gesehen. Es war der Rücken einer Frau, der auf und ab ging, »hoppe, hoppe«, nicht anders, als säße sie auf dem Rücken eines trabenden Pferdes. Ein andermal spazierten zwei nackt im Zimmer umher, so daß sie ihm, wenn sie am Schlüsselloch vorbeikamen, »die Vorder- und die Hinteransicht« zeigten. Wieder ein andermal hatte es ein Paar vorgezogen, den Liebesakt statt im Bett auf dem Fußboden zu vollziehen, und zwar gerade vor seiner Tür. Und wenn er auch diesmal trotz seiner verzweifelten Anstrengungen, den Blick nach unten zu richten, nichts sehen konnte, so hörte er dafür, und dies mit einer Genauigkeit wie nie zuvor, was vielleicht, alles in allem, noch besser war.

»Wieso besser?« stammelte ich.

»Aber tausendmal besser! Von dem Gestöhn und den unterdrückten Schreien abgesehen, hättest du einmal hören müssen, was sie sich dabei sagten. Es war toll. Und sie hörten gar nicht auf.«

In diesem Augenblick kam das Mädchen und meldete, daß das Essen auf dem Tisch stehe; Luciano sah sich also gezwungen, das Gespräch einstweilen zu beenden und aufzubrechen.

Aber in den folgenden Tagen brachte er die Rede wieder auf diese Dinge, was immer mehr auf Kosten der Zeit für unsere Schularbeiten ging. Ich war schwach

und passiv, unfähig zu reagieren; er erkannte meine Situation und nutzte sie aus.
Unter anderem erzählte er mir, daß er ein wunderbares Buch lese, das er heimlich bei seinem Vater entliehen habe: ›Aphrodite‹ von Pierre Louys; wunderbar, erläuterte er, unter dem doppelten Gesichtspunkt der literarischen Vollkommenheit und des »höchst instruktiven« Inhalts. Er berichtete, wie er immer nur wenige Seiten auf einmal lesen könne: nachts, im Bett zumeist – mit der einen Hand bereit, die Seite umzuschlagen, mit der anderen unten, ebenfalls in Bereitschaft, nämlich die interessantesten Stellen des Romans mit einem »flinken Schlenkern des Stengels« zu begleiten.
»Leihst du ihn mir?« fragte ich.
»Was?« fragte er grinsend. »Den Roman?«
Ich nickte.
»Also, wenn du das Buch meinst«, sagte er, und er blickte mich forschend an mit seinen Augen wie blaue Emaille, »dann weiß ich nicht, ob ich das kann. Mein Vater hütet seine Bücher geradezu eifersüchtig. Es liegt ihm so viel an ihnen!«
Um »die Hand auf dieses oder ein anderes Buch zu legen«, das ebenso interessant war – sein Vater verwahrte sie in einem bestimmten Regal seines Arbeitszimmers –, mußte er die Nacht abwarten, wenn alle im Hause schliefen, und später wieder darauf achten, daß alles an seinem Platz stand. Dank diesem »Trick« habe er fast alle Romane Pitigrillis lesen können, aber auch den ›Foltergarten‹, das Buch eines französischen Autors, dessen Name ihm entfallen war, ›Geschlecht und Charakter‹ von Weininger und ›Die Verlobten‹ – na-

türlich nicht die von Manzoni, mit denen man ihn schon in der vierten und fünften Klasse hinreichend geärgert habe, sondern die, die ein »Glaubensgenosse« von mir, Da Verona, geschrieben habe und die seiner Meinung nach unendlich viel besser waren. In jedem Falle aber – und er hob die Hand, wie um jedem Versuch zu einem Widerspruch zuvorzukommen – schlug ›Aphrodite‹ von Pierre Louys alle genannten Bücher. Wollte ich wissen, was im ersten Teil dieses Romans beschrieben wurde? Ein Garten, der den Tempel der Göttin umgab, und in dem »sich Dutzende und aber Dutzende von Frauen hemmungslos mit Männern und untereinander paarten«. Und sie erfanden dabei so viele, so unbeschreiblich viele Stellungen und Arten, daß sogar er, der, ohne sich rühmen zu wollen, von diesen Dingen einiges verstand, einfach sprachlos war. Ich hatte bis zu diesem Zeitpunkt noch nie onaniert. Als es Luciano erfuhr, war er höchst erstaunt. Aber wie war das möglich, verwunderte er sich, in meinem Alter! Er dagegen habe seit seinem zehnten Lebensjahr regelmäßig onaniert, mindestens einmal täglich.

»Aber ist das nicht schädlich?« wandte ich ein.

»Ach was, schädlich! Es tut im Gegenteil sehr gut. Allerdings«, räumte er lächelnd ein, »wenn man es zu oft macht, kann es das Gedächtnis etwas angreifen. Aber willst du mir glauben, daß es den Geist anregt?«

Nach seiner Ansicht war nichts besser geeignet, die intellektuellen Fähigkeiten zu entwickeln. Selbstverständlich durfte man nicht übertreiben, wie ja auch ausschweifender Weingenuß oder, sagen wir, ein Unmaß an sportlicher Betätigung schädlich waren. Trotzdem

war es gut, wenn man es tat. Es war eine normale, natürliche Sache, und die Natur – man mußte nur die Triebe, die sie in uns erregte, »wissenschaftlich« deuten können – die Natur konnte unseren Schaden nicht wollen. Aber, was meinte ich: hatte nicht vielleicht die Beschneidung bei mir die »sexuelle Sensibilität« vermindert? Hatte ich noch nie eine Erektion gehabt, noch nie im Schlaf einen Erguß?
Ich antwortete, so gut ich es wußte, und gab alles zu, auch wenn ich es nicht recht verstanden hatte. Ich gestand, daß mir – und oft in einem Augenblick, in dem man es am wenigsten vermuten sollte – das »Ding« steif wurde und daß ich auch ein paarmal morgens mit durchnäßten Pyjamahosen aufgewacht war.
Eines Nachmittags knöpfte sich Luciano die Hose auf und zeigte mir sein Glied. Darauf verlangte er das gleiche von mir. Ich war immer, auch schon als kleines Kind, außerordentlich schamhaft gewesen, und so weigerte ich mich. Aber er bestand darauf, und schließlich gab ich nach.
Ein wenig vorgebeugt, mit dem leidenschaftslosen Ausdruck des Arztes, betrachtete er es aufmerksam. Worin, fragte er, bestand nun eigentlich die Beschneidung? Bisher hatte er geglaubt, es handele sich um eine bedeutendere Operation, bei der tatsächlich ein Stück »Fleisch« entfernt würde. In Wahrheit aber war das Ganze, wie er jetzt sehe, ein sehr bescheidener Eingriff. Wo war hier ein Unterschied zwischen seinem und meinem?
Und um nun festzustellen, wo denn wirklich der Unterschied lag, knöpfte er seine Hose weiter auf.

So kam Ostern heran, und die ganze Zeit hatte ich das Gefühl, Schritt um Schritt auf etwas Unbekanntes, Bedrohliches hingedrängt zu werden, ohne daß irgend etwas Bestimmtes geschehen wäre. Luciano sprach nur und sprach. Er hörte nicht auf zu reden. Seine Stimme hielt mich fest; sie schloß mich ein in einem Netz von summenden, schwirrenden Spiralen.

Ich habe wenig genaue Erinnerungen an diese Zeit. Ich lebte wie in einem unterirdischen Gang, dessen Ausgang ich nicht sehen konnte; ja, ich fürchtete mich sogar, plötzlich vor ihm zu stehen. Ich erinnere mich, daß ich jedesmal, wenn meine Mutter zu uns ins Zimmer kam, das infame Gefühl hatte, ein Komplice Lucianos zu sein. Und ich erinnere mich an einen Nachmittag in den Osterferien; vielleicht hat es ihn in Wirklichkeit gar nicht gegeben, vielleicht ist es nur ein Traum.

Ich bin, zusammen mit der halben Klasse, zum Fußball auf den freien Platz hinter dem Aquädukt gegangen. Wir haben gegen zwei Uhr begonnen — glücklich, atemlos über das trockene, von den Winterfrösten ausgedörrte Gras jagen zu können, glücklich, das schwere Zeug vom Leibe zu haben, und glücklich über die schöne Sonne, die selbst den Lagerräumen des Militärdepots ihr düsteres Aussehen nimmt, die das von Moos bewachsene Marmordenkmal des Papstes Clemens, sonst in seiner Einsamkeit so melancholisch, zum Funkeln bringt und die blaue Ferne vergoldet, in der die ersten Häuser der Via Ripagrande und der Via Piangipane liegen. Gegen drei Uhr ist auch Luciano gekommen, zu Fuß natürlich. Wie Cattolica liegt auch ihm nicht daran, selber zu spielen; außerdem ist er zu schmal und schmächtig, niemand möchte ihn in seiner Mannschaft haben. Er ist deshalb am Rand des Rasens stehengeblieben, schaut uns zu und stampft mit den Füßen den Boden, um warm zu werden. Während wir spielen, hören wir ab und zu seine Kommentare. Er bedenkt uns abwechselnd mit Beifall, Pfiffen und Hohn. Immer wenn mein Blick auf ihn fällt, auch von weitem, scheint er zu lächeln; mehr als ich es sehe, errate ich das Grinsen auf seinem kleinen Totenkopf. Und ich weiß, weshalb er bleibt. Nach dem Ende des Spiels wird er sich einfach zu mir aufs Fahrrad setzen und mich bis in die Via Garibaldi lotsen, und zwar bis zur Ecke der Via Colomba, von wo aus wir in aller Bequemlichkeit beobachten können, wer in der Pension ›Franca‹ und der Pension ›Mafarka‹ ein- und ausgeht.

Es wird dunkel. Und plötzlich, als wir schon aufhören wollen, falle ich und verletze mich am Knie. Es ist nichts Ernstes, das weiß ich sehr wohl, und doch stehe ich nicht gleich auf; kurz, ich spiele ein bißchen Theater. Ich bleibe also liegen, auf dem Rücken, mit geschlossenen Augen, und ich spüre, wie allmählich meine erstarrten Glieder ein merkwürdig wohliges Gefühl durchzieht. Ich freue mich, daß das Spiel meinetwegen beendet wird, das heißt, wegen des kleinen Unfalls, den ich soeben hatte, und daß drei oder vier meiner Kameraden sich um mich bemühen und behutsam versuchen, mich wieder auf die Beine zu stellen. Ich höre ihre ruhigen Stimmen, laut in der kühlen Luft des Abends, nahe über meinem ausgestreckt ruhenden Körper. Ich möchte nicht mehr aufstehen.

»Nun laßt ihn doch, der ist ja nicht tot«, sagt schließlich jemand. »Seht ihr denn nicht, daß er nur Theater spielt? Los, kommt, wir wollen uns anziehen.«
Ich höre, wie sich ihre Schritte entfernen, und blinzele unter den halbgeschlossenen Lidern hervor. Einer ist geblieben, schweigend steht er vor mir. Von unten gesehen, ist er riesig, ein Gigant. Luciano mustert mich von Kopf bis Fuß, kühl, wie man einen Gegenstand betrachtet.

7

Einen Tag vor Wiederbeginn des Unterrichts bekam ich eine Mandelentzündung.
Seit meiner frühesten Kindheit hatte ich daran gelitten (deshalb war meine Tante Malvina so oft mit mir in die San Biagio-Kirche gegangen; San Biagio ist der Schutzheilige derer, die zu Halskrankheiten neigen). In diesem Jahr schien die Entzündung allerdings viel heftiger als sonst zu sein. Vielleicht war es diesmal ein Abszeß, lautete die Diagnose meines Vaters; auch Onkel Giacomo, den meine Mutter sofort zu Rate gezogen hatte, war dieser Meinung.
Schneiden oder nicht schneiden?
Einig in der Diagnose, stritten sich mein Vater und mein Onkel Giacomo regelmäßig über die einzuleitende Behandlung. Deshalb, das heißt, um den ewigen Streit der beiden Ärzte in der Familie an meinem Krankenbett (mein Vater war für den Eingriff, mein Onkel dagegen) zu beenden, hatte es meine Mutter für rich-

tig gehalten, Doktor Fadigati, den besten Hals-Nasen-Ohrenarzt der Stadt, kommen zu lassen, den gleichen, der mich als kleines Kind schon an den Mandeln operiert hatte — wobei er sie aber meinem Onkel zuliebe nur teilweise entfernte.

Fadigati erschien, untersuchte den Hals und bestätigte die Diagnose. In der Frage, ob man einen »kleinen Schnitt« riskieren solle, war auch er wie mein Onkel der Meinung, daß, solange die Entzündung andauerte, davon nicht die Rede sein könne. Abwarten war also für den Augenblick die Parole. Um den siebenten oder achten Tag würde der Abszeß zur Reife kommen. Danach würde man sich zu entscheiden haben, ob man weiter wartete, bis sich die »Tasche« von selbst entleerte, oder aber (und hier streichelte er mir die Wange, während er mir gutmütig und beruhigend zulächelte) die Gelegenheit benützte, um endlich »das Ganze« herauszuholen.

Es erübrigte sich. Der Abszeß ging von allein auf, sogar früher als vorausgesehen. Und was die Entfernung der beiden Mandelreste anging, so beschloß man auch diesmal, nichts dergleichen zu tun. Man wollte sich über die Zweckmäßigkeit dieser Operation am Ende des Schuljahrs, vor unserer Reise ans Meer, noch einmal Gedanken machen.

Befreit von der unmittelbaren Drohung einer Operation, atmete ich erleichtert auf. Und doch war ich nicht zufrieden. Im Gegenteil: ich ärgerte mich über meine verfrühte Genesung, denn sie bedeutete, daß ich auch früher wieder zur Schule gehen mußte. Ich dachte mit Angst an Luciano. Entgegen meinen Erwartungen hatte er mich während meiner ganzen Krankheit nur einmal besucht. Er war am zweiten oder dritten Tage gekommen, als das Fieber noch sehr hoch war. Ruhig hatte er sich an das Kopfende meines Bettes gesetzt und sich leise zumeist mit meiner Mutter unterhalten; wenn sie uns allein ließ (sie kam und ging unaufhörlich), hatte er zu mir nur vom Unterricht gesprochen: bis zu welcher Stelle der ›Ilias‹ sie mit ihren Übersetzungen gekommen waren, welche Oden von Horaz Professor Guzzo aufgegeben hatte, was die Krauss gerade durchnahm und ähnliches mehr. Ich schwieg und hörte zu. Schließlich fragte ich ihn, wobei ich nur mit Mühe sprechen konnte, ob er es nicht, da ich jetzt ausfiele, für ratsam hielte, wenigstens vorübergehend die Schularbeiten mit einem anderen zu machen. Nein, antwortete er mit einem gewinnenden Lächeln, er habe nicht daran gedacht, »mir untreu zu werden«. Wofür hielte ich ihn wohl? Für einen Judas? Ich sollte nur sehen, bald gesund zu werden. Sobald ich wieder auf wäre (wegen des Pensums sollte ich mir keine Sorgen machen; tüchtig, wie ich war, hätte ich im Handumdrehen die andern eingeholt), wollten wir beide sofort unsere Zusammenarbeit wieder aufnehmen, die uns so stark mache. Und gerade diese Aussicht war es, die mich in den folgenden Tagen mit Unbehagen erfüllte. Die Schule und Luciano: wieder in die Schule gehen, hieß zwangsläufig, auch wieder mit Luciano zusammensein.

Aber was bedeutete es in Wahrheit: wieder mit Luciano zusammensein? Als Rekonvaleszent, der das Bett hütete, überließ ich mich ganz den sonderbarsten Gedanken. Ich legte noch einmal den Weg zurück durch den dunklen Tunnel der letzten Monate, angefangen mit dem Morgen, an dem Luciano das erstemal auf der Schwelle zu unserem Klassenzimmer stand, bis zu der Zeit, da wir uns in unseren Gesprächen immer wieder mit dem Thema der Onanie beschäftigten. Ich erinnerte mich gut, wie es dazu gekommen war. Alles hatte mit meiner Frage nach der Zentralheizung begonnen. Der Rest – und dazu gehörte auch die beiderseitige Entblößung des Glieds – war in rascher Folge von selbst gekommen. Ich sah die Szene wieder vor mir. Nachdem er erreicht hatte, daß ich mich vor ihm entblößte, hatte sich Luciano vorgebeugt, um besser sehen zu können, mit unbewegter Miene, gewiß, aber zugleich auch – warum es nicht zugeben? – ein wenig enttäuscht, als hätte er gemeint, daß ich, soviel stärker und sportlicher, soviel kräftiger gebaut als er, auch an dieser Stelle stärker entwickelt sein müßte. Und ich nun, fragte ich mich, wie stand es mit mir? Als er sich entblößt hatte (nie hätte ich geglaubt, daß ein physisch so unbedeutender Bursche in seiner Hose ein Ding verbarg – doch, ein »Ding«; es gab keinen Ausdruck, der es treffender bezeichnete! –, das so unverhältnismäßig groß war, riesig), da spürte ich, wie sich mir vor Ekel fast der Magen umkehrte. Seitdem hatte ich im Grunde immer nur daran gedacht: an dieses Glied von obszöner, angsterregender Größe und an meinen Ekel. Ekel und Abscheu. Wenn ich nun wieder mein Leben mit Luciano begann, dann erwartete mich in jeder mit ihm verbrachten Minute dieser Ekel. Das war mehr als nur die Latein- und Griechischaufgaben!

Und wenn ich ihn nun im Stich ließe, ihn mit irgendeiner Ausrede abwimmelte?
Bei mir zu Hause wäre ich mit dem Manöver vielleicht glatt durchgekommen. Ich brauchte nur irgendeine Geschichte zu erzählen und die Initiative zum Bruch Luciano zuzuschreiben oder einen Streit zwischen uns zu erfinden. Meiner Mutter würde es genügen, wenn ich meine Schularbeiten weiterhin zu Hause machte; letzten Endes interessierte sie nichts anderes. Aber in der Schule – nein, in der Schule wäre es nicht so glatt gegangen. Obwohl ich mich vor den anderen immer ein wenig meiner Freundschaft mit Luciano geschämt hatte (oben, bei der Krauss, saßen wir leider zusammen, aber wenn sich Mazzanti verpflichtet fühlte, mich zu fragen, bevor er Luciano eine Note gab, antwortete ich zumeist gar nicht und zuckte nur gelangweilt die Schultern), wußten nichtsdestoweniger alle in der Klasse, daß er jeden Nachmittag zu mir kam, um die Schularbeiten zu machen. Dann war da Cattolica. Und Giorgio Selmi. Cattolica hatte stets so getan, als ob er nichts bemerkte; er hatte zugesehen, wie ich mich mit diesem »Arschkriecher Pulga« verbunden hatte (so wurde Luciano für gewöhnlich in den exklusiveren Kreisen der alten ›Fünf a‹ genannt), ohne mir je die Genugtuung zu geben, es mir gegenüber zu erwähnen, so daß sein Triumph, wenn ich jetzt mit Luciano bräche, zu groß, zu vollständig wäre, als daß er sich jede Bemerkung darüber hätte verkneifen können. Was aber Giorgio Selmi anging, der sich kürzlich in der Turnstunde heuchlerisch bei mir über seine Einsamkeit beklagt hatte (Luciano war vom Turnen befreit, mit Rücksicht

auf die Nachwirkungen einer als Kind durchgemachten Brustfellentzündung) und der mir angeboten hatte, im nächsten Schuljahr mein Banknachbar zu werden, so sollte er einstweilen noch im ungewissen über meine Entscheidung bleiben. Mein sofortiger Bruch mit Luciano würde ihm den Sieg zu früh geben. Er würde bedeuten, daß ich meinen Kotau vor ihm gemacht hätte. Ich nahm wieder am Unterricht teil, und sofort kam auch Luciano wieder zu mir ins Haus.

Ich war krank gewesen und mußte nun die verlorene Zeit wieder einholen; so wurde es mir in den ersten Tagen leicht, ihn im Zaume zu halten (»Jetzt wird mit dem Quatschen einmal aufgehört!« bestimmte ich energisch). Trotzdem war mir klar, daß wir mit unseren Gesprächen bald genug wieder in das alte Fahrwasser geraten würden. Die beste Gewähr dafür gaben mir der unbestimmt spöttische Ausdruck, der nicht mehr aus seinen Augen wich, und noch mehr gewisse kleine Veränderungen in seinem Benehmen. Daß er mir zum Beispiel nicht mehr so schmeichelte wie früher, daß er sich Momente der Unaufmerksamkeit leistete, die früher undenkbar gewesen wären, daß er, während ich verbissen an einem Satzgefüge arbeitete — das vielleicht nicht ganz so schwierig war, wie ich vorgab —, mich ruhig arbeiten ließ und dabei halblaut vor sich hinträllerte. ›Laß dich nicht stören‹, schien er sagen zu wollen, ›wenn es dir so wichtig ist. Aber ist es dir wirklich so wichtig? Ich kann mir schon denken, was auch *dich* jetzt eigentlich interessiert.‹

Eines Nachmittags aber trat eine neue Wendung ein.

Ich war zur Turnstunde in die Turnhalle in der Via

Praísolo gegangen, nachdem ich mich vorher mit Luciano für sechs Uhr in meiner Wohnung verabredet hatte. Als wir um fünf Uhr die Turnhalle verließen, hatte plötzlich irgend jemand von uns einen Gummiball in die Luft geworfen, und sofort kam es auf dem großen Hof vor der Turnhalle zu einem improvisierten Spiel. Es war weniger ein regelrechtes Spiel als ein allgemeines Geraufe, bei dem es drunter und drüber ging. Aber darauf kam es nicht an: Der Umstand, daß es mir strikt verboten war zu schwitzen, weshalb ich schon während der Turnstunde auf eine Bank verbannt worden war, erfüllte mich jetzt von neuem mit einem sehnsüchtigen, schmerzlichen Neid. Mit den Schultern an die hohe Mauer gelehnt, die den Hof gegen die Via Praísolo abschloß, sah ich zu, wie die anderen liefen und sprangen und dabei schrien und schwitzten, und mehr denn je fühlte ich mich zurückgewiesen, ein trauriger Schwächling, kurz, jemand, der ausgezeichnet zu einem Luciano Pulga paßte.

Und doch war ich nicht allein.

Auch Cattolica war, statt wie sonst gleich nach Hause zu gehen, stehengeblieben und sah den anderen zu. Er stand wie ich an die Mauer gelehnt, hatte sich eine Zigarette angezündet und sprach kein Wort. Plötzlich trat er auf mich zu und — was ganz ungewöhnlich war — faßte mich unterm Arm.

»Du ärgerst dich, nicht mitzuspielen, nicht wahr?« fragte er voller Mitgefühl.

Ich antwortete wahrheitsgemäß, daß ich große Lust hätte, leider aber nicht dürfe. Ich sei kürzlich krank gewesen, fügte ich überflüssigerweise hinzu, und mein

Vater, der Arzt sei, wolle unter keinen Umständen, daß ich in Schweiß käme.
Cattolica hörte mir sehr aufmerksam und geduldig zu. Ein ganzes Stück größer als ich, lauschte er mir mit leicht geneigtem Kopf: eine Haltung, die ihm eigentümlich war, wenn ihn jemand oder etwas interessierte. »Vielleicht bin ich indiskret«, sagte er schließlich. »Aber was hat dir denn gefehlt? Ich habe Pulgas tägliche Communiqués nicht verfolgt«, fügte er ironisch hinzu, »aber wenn ich mich nicht irre, sprach er von Halsweh.«
Tägliche Communiqués? überlegte ich. Wie seltsam, da mich Luciano nur ein einziges Mal besucht hatte und sich, was merkwürdig war, auch nie telephonisch nach meinem Ergehen erkundigt hatte!
»Ich hatte einen Abszeß«, sagte ich.
Er runzelte die Stirn und zog eine schmerzliche Grimasse.
»Ist das schmerzhaft?« fragte er.
»Oh, ziemlich«, antwortete ich und sah ihm lächelnd ins Gesicht. »Ich würde es meinem ärgsten Feind nicht wünschen.«
Er blinzelte.
»Es tut mir leid«, sagte er. »Wenn ich es gewußt hätte, wäre ich auch einmal zu dir gekommen.«
Trotz des *auch*, und obwohl ich auf meiner Hut war, schlug mir das Herz höher. Cattolica in meinem Hause! Das ergreifende Bild, wie er, der reumütige Rivale, gerührt an meinem Krankenlager stand, tauchte rasch vor meinem geistigen Auge auf. Aber ich glaubte ihm nicht; ich hatte kein Zutrauen zu ihm.

»Es tut gemein weh«, sagte ich und stellte mich, als wäre ich ganz versunken in die Erinnerung an meine Halsschmerzen, »besonders in den ersten Tagen. Es sah so aus, als ob ich operiert werden müßte, aber glücklicherweise ist dann der Abszeß von selbst aufgegangen. Wahrscheinlich werde ich mir doch noch die Mandeln herausnehmen lassen. Nicht jetzt, natürlich, aber im Juni, bevor wir an die See gehen.«
So unterhielten wir uns, nebeneinander an der Mauer stehend, noch ein paar Minuten lang. Wenn Cattolica inzwischen auch seinen Arm wieder fortgenommen hatte, spürte ich neben mir, bedrückend, bedrängend, seine Gegenwart. Was wollte er, fragte ich mich und sah auf den Hof. Zwei Dinge machten mir gleichzeitig Sorge: was er von mir wollen mochte – und daß ich, wie ich mir fest vorgenommen hatte, eine gute Figur machte und mich würdig benahm.
»Ich weiß, daß du hier in der Gegend wohnst«, sagte er an einem bestimmten Punkt.
»Ja«, bestätigte ich, »in der Via Scandiana. Einen Schritt vom Palazzo Schifanoia. Hast du mal die Fresken im Schifanoia gesehen?«
»Nein, ich bin nur vor zwei oder drei Wochen am Sonntag einmal zur Messe in die Kirche von S. Maria in Vado, hier in der Nähe, gekommen, das ist alles. Wir wohnen in der Bahnhofsgegend, in der Via Cittadella.«
»Tatsächlich?« fragte ich heuchlerisch.
»Es ist ein sehr angenehmes Viertel«, fuhr Cattolica fort, mit der unerschütterlichen Sicherheit, die er immer hatte, wenn er von seinen eigenen Dingen sprach:

von *seinen* Wörterbüchern, *seinem* Füllfederhalter, *seinem* Fahrrad und, wer weiß, vielleicht auch noch von *seiner* Braut. »Neu ... modern ...«, er unterbrach sich. »Hör mal«, sagte er kurz, »warum kommst du heute nicht zu mir Schularbeiten machen?«
Überrascht hob ich den Blick.
»Zu dir?«
»Warum nicht?« Er lächelte, höchst befriedigt von der Wirkung seiner Worte. »Geh bei dir zu Hause vorbei, hol deine Bücher und komm dann zu mir, Via Cittadella 16. Wie lange wird es mit dem Fahrrad dauern? Vielleicht zehn Minuten.«
»Danke, herzlichen Dank ...«, sagte ich, »aber, verzeih, machst du nicht die Schularbeiten zusammen mit Boldini und Grassi?«
»Das schon«, gab er zu, mit der Miene eines Spielers, der sich geschlagen sieht und nun seine Karten aufdeckt. »Aber was hat das zu sagen?«
»Oh, nichts, ich bitte dich ... Nur daß vielleicht, wenn ihr schon zu dritt seid, ein vierter zuviel wäre.«
An der Art, wie er sich aufrichtete und den Blick abwandte, wurde mir klar, daß er mich mißverstanden hatte. Er glaubte, ich wolle ihn erpressen und vor die Alternative stellen: entweder die beiden oder ich.
So antwortete er denn auch, daß davon keine Rede sein könne, einer mehr mache nicht den geringsten Unterschied, da er in seinem Zimmer über einen gewaltigen Tisch verfüge, an dem – und er lächelte stolz – unsere ganze Klasse Platz finden könne, wenn sie das wünsche, und zwar einschließlich der Mädchen. Aber, Scherz beiseite – fuhr er fort –, abgesehen davon, daß

er sich dafür verbürgen könne, daß Boldini und Grassi keinerlei Einwände gegen mich hätten, sie alle drei arbeiteten bereits seit zu vielen Jahren zusammen, als daß er jetzt ...

Er sah mir in die Augen.

»Das mußt du verstehen«, schloß er.

Ich hatte es nur allzu gut verstanden. Zwischen Boldini und Grassi auf der einen Seite und mir auf der anderen konnte er natürlich nur sie wählen, die alten Freunde, seine getreuen Vasallen und Schleppenträger. Und ebenso selbstverständlich und außer jeder Diskussion war, daß ich genau wie er bei der Wahl zwischen seiner und meiner Wohnung *seine* Wohnung, *sein* Zimmer und *seinen* Arbeitstisch vorziehen mußte. Unser Haus mit allem, was es enthalten mochte, war für ihn irgendein unbestimmter Ort in der Stadt, den er in der Via Cittadella als einen genau feststellbaren und wirklich vorhandenen Ort, als ein Haus, in dem ich und meine Familie in Fleisch und Blut lebten, überhaupt nicht in Betracht zog. Aber dieser »Arschkriecher von Pulga«, der jeden Tag in unser Haus kam? Auch er existierte nicht, auch Luciano war etwas Abstraktes, dazu ohne jede Bedeutung: ein widerwärtiges und peinliches Thema, über das kein einziges Wort zu verlieren war.

»Ich verstehe dich, und ich danke dir«, erwiderte ich. »Aber schau: heute ist es unmöglich. Pulga kommt zu mir, und sag selbst, wie könnte ich ... Wenn ich ihn wenigstens anrufen könnte ...«

»Hat er kein Telephon?«

»Nein, noch nicht. Er wohnt weit draußen, in der Ge-

gend vom Rindermarkt, hinter dem Binnenhafen; und ihn telephonisch zu erreichen, ist ziemlich kompliziert. Man müßte in einer Drogerie in seiner Nähe anrufen. Besser aber, man läßt es, denn man riskiert dabei, eine unfreundliche Antwort zu bekommen. Außerdem ist es wohl schon zu spät. Da er kein Fahrrad hat, ist er wahrscheinlich schon unterwegs.«
Schweigend gingen wir zum Ausgang. Vor der Tür blieben wir unentschlossen stehen. Ich mußte links, er rechts gehen.
»Also dann auf Wiedersehen«, sagte er kühl und streckte mir die Hand entgegen.
»Wartest du nicht auf Boldini und Grassi?«
»Nein, sie kommen beide mit dem Fahrrad. Ich fahre mit der Straßenbahn.«
»Wenn ich nun ...«, nahm ich den Faden wieder auf, ohne seine Hand loszulassen, »ihn auch mitbringen dürfte? Ich gehe jetzt nach Hause, frage ihn, und dann kommen wir.«
Es wäre eine Lösung, dachte ich und suchte mit kaum verhohlener Spannung in seinem Gesicht zu lesen. Letzten Endes wäre es eine großartige Lösung, auch für mich.
»Was sagst du dazu?«
»Ihn mitbringen? Wen?« fragte Cattolica mit verachtungsvoller Miene und zog die Hand zurück. »Pulga?«
»Aber ja. Hast du nicht gesagt, daß dein Tisch groß genug ist? Wenn wir zu viert Platz haben ...«
Er schien verwirrt.
»Nein, um Himmels willen! Zu fünft! Und ausgerechnet Pulga! Soll das ein Scherz sein?«

»Ein Scherz? Warum?« fragte ich vollkommen ruhig. »Was hat eigentlich Pulga an sich, daß *ihr* ihn behandeln müßt, als hätte er die Pest am Leibe?«
Ich fühlte mich tödlich beleidigt und wollte, daß er es bemerkte.
»Seit Januar kommt er täglich zu mir«, fuhr ich fort, »und wenn ich mich nicht täusche, bin ich bisher noch nicht von der Beulenpest befallen!«
Aber er hatte recht – ich konnte nicht umhin, noch während ich sprach, es mir einzugestehen. Die Pest – Luciano hatte sie wirklich am Leibe, und auch ich war durch mein vieles Zusammensein mit ihm bereits angesteckt.
Cattolica schob die Lippen vor.
»De gustibus«, sagte er. »Es steht dir vollkommen frei, dir, wen du magst, ins Haus zu holen. Noch einmal: wenn du zu mir kommen willst, ist es gut, aber der da, nein, nie. Das hätte noch gefehlt!«
»Also, wenn es so ist«, murmelte ich mit bebender Stimme, den Tränen nahe, »dann gut. Aber du mußt schon entschuldigen: entweder wir beide oder keiner von uns.«

8

An diesem Abend nahmen wir unfreundlich voneinander Abschied. Cattolica warf mir ein trockenes »Auf Wiedersehen!« zu, wandte mir den Rücken und entfernte sich rasch in Richtung des Corso Giovecca. Aber schon am nächsten Morgen und ebenso an den folgenden Tagen nahm er seinen Angriff wieder auf, auch wenn er die ungewöhnliche Unterredung, die wir geführt hatten, nicht erwähnte. Doch gerade damit gab er mir den Eindruck, daß die Sache keineswegs abgetan sei. Ich machte mir klar, daß er vielmehr darum herum ging, bis sich eine gute Gelegenheit fand, auf das Thema zurückzukommen. Inzwischen war er eifrig bemüht, die unsichtbare Barriere der Rivalität, Voreingenommenheit und des Hochmuts, die uns bisher getrennt hatte, fortzuräumen.

Wenn er während des Unterrichts mit mir sprechen wollte, war er bedacht, nicht den Kopf zu wenden. Er zeigte mir weiter sein klares, medaillenhaft geprägtes Profil und blickte wie stets dem vorm Katheder sitzenden Professor ins Gesicht. Aber vor den Mund hielt er den Fächer seiner Hand und flüsterte unter dem Schutz seiner gespreizten Finger. Er war ein zu disziplinierter und strebsamer Schüler, und er hielt auch in Betragen zu sehr auf seinen guten Ruf, als daß er diese einfachsten Vorsichtsmaßnahmen außer acht gelassen hätte. Und doch begriff ich, daß dieser unbewegliche Hals, dieser starre Rumpf – und ich suchte mich dieser Haltung anzupassen – nicht einmal so sehr für die Augen des vor ihm sitzenden Professors bestimmt waren (selbst wenn es sich um »diesen Drachen von Guzzo« handelte), als für die weit gefährlicheren, weil unkontrollierbaren Augen hinter uns. Wenn nämlich, überlegte ich schaudernd, Luciano auf seiner Bank an der Wand bemerkte, daß zwischen mir und Cattolica nicht mehr das einstige kühle Verhältnis bestand, oder auch nur, daß wir jetzt miteinander sprachen, ja, nichts

anderes taten, als miteinander zu sprechen, wäre er, schlau wie er war, auch imstande zu erraten, was der wahre Anlaß unseres Geflüsters war. Das war gewiß eine recht absurde Vermutung, aber ich fühlte mich ihm gegenüber dermaßen schuldig, daß ich die Kälte seiner forschenden blauen Augen im Nacken beinahe körperlich zu spüren meinte.
Man kann sich also meine Verlegenheit vorstellen, als sich eines Morgens Guzzo – gerade er! – überraschend an Cattolica wandte.
Er skandierte gerade mit lauter Stimme ein Gedicht Catulls, und zwar jenes, das beginnt:

Multas per gentes et multa per aequora vectus ...

Plötzlich hielt er inne und forderte mit dumpfer Stimme:
»Fahren Sie fort, Cattolica!«
Cattolica fuhr zusammen, dann griff er sich mit der Hand an die Brust, wie um zu fragen:
»Ich?«
»Jawohl, Sie«, bestätigte Guzzo. »Fahren Sie mit der Rezitation fort, Verehrtester. Lassen Sie uns sehen, wie Sie sich aus der Affäre ziehen.«
Cattolica begann aufgeregt in seinem Buch zu blättern, es war aufgeschlagen, gewiß, aber nicht auf der richtigen Seite. Und wer weiß, wie lange die Tortur für ihn gedauert hätte (ich, der ich wie erstarrt am andern Ende der Bank saß, wagte nicht, ihm zu helfen), wenn nicht plötzlich von hinten die Hand Malagùs zu seiner Hilfe aufgetaucht wäre.
»Bravo, Malagù!« bemerkte Guzzo. »Ich sehe, daß Sie dem Unterricht folgen, daß der gute Catull sogar Ihr

Interesse findet ... Aber Sie, Cattolica, sagen Sie doch, Sie interessiert Catull nicht? Mögen Sie ihn nicht?«

»Nein ... das nicht ...«, stammelte Cattolica, sehr bleich, und erhob sich langsam vom Platz.

»Nein?« fragte Guzzo in gespielter Überraschung, wobei er die starken Augenbrauen hochzog, daß sie wie zwei graue Zirkumflexe in der breiten Wagnerstirn standen. (Er war Atheist, ein ›Heide‹; er hatte es oft verkündet, und er ließ keine Gelegenheit vorübergehen, ohne sich über jeden lustig zu machen, den er in Verdacht hatte, aus einer klerikalen Familie zu kommen, wie Camurri und sogar Cattolica.) *»Passer deliciae meae puellae«*, deklamierte er mit sanfter Stimme und zwinkerte gleichzeitig der Klasse zu. »Ist es dieser kleine galante Scherz, den Sie ihm vorwerfen und den Sie ihm nicht verzeihen können?«

»Catull gefällt mir sehr«, versicherte Cattolica mit Wärme. »Nur daß ...«

»Nur daß Sie«, schnitt ihm Guzzo das Wort ab, »seit einiger Zeit nicht ohne Heuchelei mein Vertrauen mißbrauchen und sich drücken. Jawohl, sich vom Unterricht drücken, und zwar sehr. Ich sehe, wie Sie beide, Sie und Ihr Nachbar, sich unermüdlich sub tegmine manuum unterhalten, vor allem Sie! Was haben Sie? Fühlen Sie sich (irrtümlicherweise) bereits versetzt? Oder macht Ihnen der Frühling zu schaffen?«

Cattolica wandte sich mir zu, wie um mich als Zeugen anzurufen. Aber er sagte nichts. Dann sah er wieder zu Guzzo hinüber, der seinen Blick inzwischen langsam über die Bankreihen wandern ließ.

»Ich frage mich«, erklärte Guzzo, »ob es nicht angezeigt sei, ein Paar wie Sie beide, das nun schon allzu gut aufeinander eingespielt ist, sofort zu trennen. In jedem Fall, mein lieber Cattolica: Sie sind gewarnt. Wenn ich Sie noch einmal beim Schwatzen ertappe, setze ich Sie nach hinten, auf die letzte Bank, zu diesem heiligen Mann, Pulga Luciano. Verstanden?«

Dann zückte er den Federhalter, schlug das Klassenbuch auf und versenkte sich ganz in die ausführlich gehaltene Eintragung eines Tadels.

Draußen, auf der Straße, versuchten wir gar nicht erst, uns von den andern abzusondern. Denn sobald wir das Schulgebäude verlassen hatten, bildeten sich die gewohnten Gruppen, und auch Luciano stand bereit, sich an mich zu klammern, und oft verließ er mich erst, nachdem er mich den halben Corso Giovecca hinunter bis zur Ecke der Via Terranuova begleitet hatte. Aber abgesehen von unserem Zusammensein in den Turnstunden (es waren mindestens noch zwei), hatten wir damit begonnen, miteinander zu telephonieren, meistens am Abend vor dem Schlafengehen.

Worüber sprachen wir? Ich weiß nicht, ich habe es vergessen.

Ich nehme an, daß wir uns über unsere Professoren, unsere Mitschüler und über die Bücher unterhielten, die wir gerade lasen (wir waren in unserem Geschmack ganz verschieden: ich mochte am liebsten historische und Abenteuerromane, Alexandre Dumas, Ponson du Terrail, Jules Verne und natürlich die ›Enzyklopädie für die Jugend‹; er, seriöser als ich, zog die populärwissenschaftlichen Bücher und die biographischen Romane aus der Reihe ›Le Scie‹ vor). Kurz, wir sprachen über Dinge, die nicht wirklich wichtig waren, im Vergleich zu dem, was uns insgeheim bewegte. Aber konnte es anders sein? Der Klang unserer Worte war sozusagen die Tinte, mit der der Tintenfisch das Wasser trübt, um der Gefahr zu entkommen. Im Schutz dieser ›Tinte‹ fuhren wir fort, uns wie die Tintenfische zu beobachten und uns abzutasten, indem wir vorsichtig die Fangarme zur Rekognoszierung ausstreckten.

Dagegen erinnere ich mich außerordentlich genau an alles, was mir Cattolica über Boldini und Grassi sagte. Entgegen meinen Erwartungen legte er ihnen gegenüber eine auffallende Unbefangenheit des Urteils an den Tag. Boldini besaß seiner Meinung nach ganz ohne Zweifel einen »ausgezeichneten Verstand«. Jedoch fehle es ihm an Phantasie, an der Inspiration, die stets die wahre Intelligenz begleite. Sehr ordnungsliebend, pünktlich wie eine Schweizer Uhr und maßlos pedantisch, war er, als Charakter, allzu verschlossen und egoistisch. In den sechs Jahren, die sie sich kannten, war es ihm noch nie gelungen, sich mit ihm zusammenhängend zu unterhalten, mit ihm ein wirkliches Gespräch zu führen. Auf alle seine Versuche habe er als Antwort immer nur die gewohnten Grunzlaute gehört, das übliche Zwischen-den-Zähnen-Pfeifen vernommen und unvermittelt einen Schlag auf die Schulter bekommen. Ja, er war sehr stark, das war nicht zu bestreiten, sogar außergewöhnlich stark. So stimmte es zum Beispiel wirklich, daß Boldini im vergangenen Monat, als das Thermometer praktisch unter Null gesunken war, bei Giarina über den Po geschwommen war. Aber alles in allem war er Mittelmaß, und gerade sein Kult der physischen Kraft (wußte ich eigentlich, daß er jeden Morgen eine halbe Stunde mit Hanteln turnte?) bewies dies am besten. Grassi nun, obschon das Gegenteil von Boldini, taugte auch nicht viel. Er las allerhand und wußte alles mögliche, doch was war am Ende, wenn man genau hinsah, der Ertrag? Eine große Konfusion, das war es, was dabei herauskam! Boldini seinerseits las außer seinen Schulbüchern überhaupt kein Buch, und das war natürlich ein Fehler. Aber was Grassi tat, war schlimmer. Er las zuviel und aufs Geratewohl, mit dem schönen Erfolg, daß er sich den Kopf mit unnützem Zeug vollstopfte und zunehmend an Kurzsichtigkeit litt. Ein guter Junge? Mit seinem kränklichen Aussehen eines Silvio Pellico, des Dichters und Freiheitskämpfers des ›Risorgimento‹, lag ihm sehr daran, diesen Eindruck zu erwecken – ein aufrichtiger Junge zu sein, ein Freund, auf den Verlaß ist ... Was aber Reife und inneres Gleichgewicht, was die harmonische Verbindung der verschiedenen Fähigkeiten des Geistes und des Körpers betraf, so gingen sie beiden ab, Boldini wie Grassi.

Was aus dieser Kritik klar hervorging, war seine Absicht, mich und sich auf eine andere, höhere Ebene zu stellen, wozu er, um sein Ziel zu erreichen (war es wirklich sein Ziel?) indirekt jene Inspiration und Phantasie rühmte, die vielleicht meine, aber gewiß nicht seine Intelligenz kennzeichneten. Aber ich biß nicht an. Wenn ich ihn in dieser Weise über seine besten Freunde sprechen hörte, mit denen er ja bei den Klassenarbeiten noch genau so eng zusammenarbeitete wie zuvor, mißtraute ich ihm mehr denn je.

Ich vergalt es ihm, indem ich gut über Luciano sprach. Er sei, erklärte ich ihm, keineswegs dumm und auch nicht der Heuchler, für den ihn alle hielten. Ich könne verstehen, daß er äußerlich etwas unangenehm wirken mochte, auch ich hätte anfangs aus diesem Grunde einen nicht geringen Widerstand zu überwinden gehabt. Aber wenn man seine Freunde ausschließlich aufgrund ihres Aussehens wählen wollte, dann stünde es schlecht um die Menschheit. Wo bliebe da die christliche Nächstenliebe? Als Pulga nach Ferrara kam, fuhr ich fort und geriet wider Willen in Rührung, da war er allein, allein wie ein Hund. Er kannte niemanden, und er hatte nichts, sogar die Schulbücher fehlten ihm. Seine Familie hatte damals noch nicht einmal eine Wohnung. Sie hauste im Hotel ›Tripoli‹ an der Piazza Castello. Konnte ich ihm unter diesen Umständen meine Hilfe und Gastfreundschaft versagen, die er so bitter nötig brauchte? Gewiß, zugegeben: obwohl er, wenn man ihn nach seinem wirklichen Können einschätzen wollte, alles andere als ein Dummkopf war (es lag in seiner Art: er stellte sich nicht besonders begabt, damit man nicht zuviel von ihm verlangte), der Nutzen, den man von der gemeinsamen Arbeit hatte, war immer sehr relativ. Aber auch die geistigen Fähigkeiten waren nicht der wahre Kitt der Freundschaft.

»Und worin besteht deiner Meinung nach der wahre Kitt der Freundschaft?« fragte mich darauf Cattolica.

Es war eines Abends, am Telephon. Seine Frage, die auf ein sarkastisches Lachen gefolgt war, überrumpelte mich.

»Ich weiß nicht«, antwortete ich, »das ist schwer zu sagen. Wie entsteht überhaupt eine Freundschaft? Weil sich zwei Menschen von Grund aus sympathisch sind, möchte ich meinen. Aber was ich gern wissen möchte, ist: warum fragst du mich so etwas?«

»Nur so«, sagte er geheimnisvoll, »ohne besonderen Grund. Ich wollte nur deine erleuchtete Meinung zum Thema hören. Also der wahre Kitt einer Freundschaft bestünde«, und er ließ von neuem ein spöttisches Lachen hören, »in der gegenseitigen Sympathie. Stimmt es?«

»Sicher«, bestätigte ich.

Für den Augenblick sagte er nichts weiter, weder dafür, noch dagegen. Aber am Abend darauf kam er bei unserem Telephongespräch wieder auf das Thema zurück. Er begann mit den Worten, daß er lange darüber nachgedacht habe, was ich ihm am Tag zuvor gesagt hatte (und auch ich hatte nicht umhin gekonnt, als ich am Nachmittag mit Luciano zusammen gewesen war und wieder einmal Furcht und Widerwillen in mir aufsteigen spürte, über diese Frage nachzudenken). Also gut, es war richtig, fuhr er fort, in diesem Ton des Primus, der ihn mir oft so verhaßt machte: Freundschaft und Liebe, ›amicizia‹ und ›amore‹ hatten, als Wort genommen, die gleiche Wurzel: ›am‹; und wenn die Liebe im wesentlichen die Sehnsucht war, mit dem andern übereinzustimmen, sich mit ihm zu identifizieren, mit ihm gemeinsam zu fühlen (›syn-pathèin‹), dann folge daraus, daß die Sympathie auch der Freundschaft zugrunde liege. Aber gestattete ich ihm, jetzt eine Frage an mich zu richten?

»Sag schon.«

Ich bemerkte, wie er am andern Ende der Leitung ein wenig zögerte. Dann sagte er, mit einer merkwürdig atemlosen Stimme:
»Sprechen wir offen miteinander. Ist dir Pulga wirklich sympathisch?«
»Aber ja«, antwortete ich erleichtert mit einem Lachen, »ich habe es dir doch schon gesagt. Warum sollte er mir nicht sympathisch sein? Vermutlich ist er kein Genie, manchmal kann er sogar ein bißchen lästig und aufdringlich sein, aber im Grunde ist er ein sehr ordentlicher Bursche. Ihr, du und alle andern, habt ihm gleich am Anfang die Tür vor der Nase zugeschlagen, bloß weil ... Ja, das möchte ich eigentlich wissen, warum! Und eine solche Behandlung hatte der Ärmste wirklich nicht verdient.«
Ich war überzeugt, er würde mir recht geben, würde endlich anerkennen, daß er im Unrecht war, und sich zu rechtfertigen suchen. Aber er nahm meine Vorwürfe gar nicht zur Kenntnis.
»Bist du einmal bei ihm gewesen?« fragte er.
»Nein. Warum? Er kommt immer zu mir.«
»Und – verzeih«, fuhr er fort und zögerte dann von neuem, »um noch bei der Frage der gegenseitigen Sympathie zu bleiben ... Glaubst du, ihm auch sympathisch zu sein?«
Die Frage überraschte mich und noch mehr der Ton, in dem sie gestellt war, nun nicht mehr unsicher und ängstlich, sondern plötzlich entschlossen. Es war, wie wenn jemand lange und voller Zweifel zwischen zwei Wegen gewählt hatte, von denen der eine glatt und angenehm zu gehen war, der andere aber schwierig

und gefährlich, und sich nun für den zweiten Weg entschieden hatte. Ich verstand nicht, worauf er hinauswollte.

Ich antwortete, daß mich alles glauben ließ (ich versuchte dabei, abermals zu lachen, und es gelang mir), meine Sympathien würden erwidert.

»Bist du dessen ganz sicher?« fragte er nachdrücklich.

»Ja, das bin ich. Wie ich dir schon sagte, hat er mich bisher stets besucht. Wenn ich ihm nicht sympathisch wäre, würde er dann wohl jeden Tag, den Gott werden läßt, zu mir kommen und nicht lieber zu einem andern gehen? Vielleicht«, fügte ich ironisch hinzu, »zu dir?«

Er seufzte.

»Wie naiv du bist!«

»Naiv?« fragte ich. »Und warum?«

Aber noch wollte er mir nicht erklären, warum er mich für naiv hielt. So mußte ich ihm noch eine ganze Weile zusetzen, bis ich ihn dazu brachte zu sprechen oder, um seine eigene Wendung zu wiederholen, die »Kröte« auszuspucken, die ihm seit langem schon so schwer im Magen lag (ich müßte einmal hören, so sollte er endlich mit seinem Geheimnis herausplatzen, was für reizende Dinge Pulga, *mein* lieber Pulga, hinter meinem Rücken überall zum besten gab!).

9

»Entschuldige, aber du bist wirklich *zu* naiv«, hatte Cattolica gesagt, »übrigens bin ich gerade deswegen über sein Verhalten so empört. Du kannst mir glauben: es tut mir leid, diese Rolle spielen zu müssen. Aber wenn du hören könntest, was für reizende Dinge *dein* lieber Pulga hinter deinem Rücken überall zum besten gibt!«

Ich begriff sofort, daß er nicht bluffte und daß das, was er sagte, die reine Wahrheit war. Und obwohl mich seine Mitteilung in ihrer Grausamkeit tief verletzte (das Herz stand mir beinahe still), fehlte nicht viel, daß ich in den freudigen Ruf »Endlich!« ausgebrochen wäre. Ja, freudig. Denn dies – blitzartig kam mir der Gedanke – war die Gelegenheit, mich von Luciano zu befreien. Endlich war sie gekommen!

Doch ich beherrschte mich.

»Das glaube ich nicht«, erwiderte ich trocken.

»Das habe ich erwartet«, sagte er. »Aber wenn du willst, kann ich dir Beweise liefern.«

Ich antwortete nicht und legte den Hörer auf. Ich war überzeugt, daß er mich wieder anrufen würde. Ich blieb in dem Kämmerchen sitzen, in dem sich das Telephon befand, blieb im Dunkeln und wartete einige Minuten. Vergebens. Plötzlich öffnete sich die Tür, und in dem hellen Spalt erschien das Gesicht meiner Mutter.

»Warum sitzt du denn da im Dunkeln?« fragte sie und musterte mich mit einem besorgten Blick.

»Ich habe telephoniert.«

»Mit wem? Mit Cattolica?«

»Ja.«

»Wie kommt es, daß ihr seit ein paar Tagen soviel miteinander telephoniert?«

Statt aller Antwort streifte ich mit den Lippen ihre Wange und sagte ihr gute Nacht.

In meinem Zimmer war es sehr heiß. Sobald ich oben war, schloß ich die Tür ab und öffnete weit das Fenster. Es war eine schöne, sternklare Nacht, ohne Mond und doch ganz hell. Unten im Garten hoben sich deutlich die Umrisse der Bäume ab; ich erkannte die Magnolie, weiter hinten die Tanne und dort, in der entgegengesetzten Ecke, wo der vom Haus herführende Bogengang endete, die Linde. Zwischen den einzelnen Beeten schimmerte milchig der Kies; aber mitten auf dem noch helleren freien Platz vor der dunklen Höhlung des Bogengangs war schwarz und unbeweglich ein Punkt: vielleicht ein Stein oder auch Filomena, die hundertjährige Schildkröte des Hauses; erst beim Abendessen hatte meine Mutter freudig verkündet, daß Filomena von ihrem Winterschlaf aufgewacht sei. »Filomena!« rief ich lächerlicherweise, mit gedämpfter Stimme, hinunter. »He, Filomena!« Aber der schwarze Punkt, ob Stein oder Schildkröte, rührte sich nicht.

Ich trat zurück, zog mich langsam aus und legte mich, ohne das Fenster zu schließen, aufs Bett, die Hände im Nacken verschränkt. Ich war nackt und lag ohne mich zu bewegen. Durch das offene Fenster drang ein kräftiger Duft von Gras und Pflanzen. Ich dachte, wie verständlich, an Luciano, und mehr denn je war ich davon überzeugt, daß Cattolica nicht gelogen hatte. Natürlich — überlegte ich, erschüttert von dem großen Unrecht, das mir Luciano angetan hatte, während ich mich doch gleichzeitig unbeschwert und glücklich fühlte, wie befreit von einer großen Last — natürlich, wie hatte ich nur so blind sein können, es nicht selbst zu merken, daß mich Luciano verriet? Ich suchte mich zu entrüsten und in Zorn zu versetzen. »Dieses Schwein!« murmelte ich vor mich hin. »Das Aas!« Morgen, in der Schule, so nahm ich mir vor, wollte ich den Judas sofort zur Rede stellen. »Stimmt es also?« würde ich ihn brutal fragen. »Stimmt es also, daß du schlecht über mich sprichst?«, und ohne erst abzuwarten, ob er leugnete oder es zugab, wollte ich ihn vor der ganzen Klasse ohrfeigen. Ich sah die Szene vor mir: ich rot im Gesicht, mit aus dem Kopf tretenden Augen, die Fäuste zum Schlagen erhoben, im Stil von James Cagney; er, der kleine, erbärmliche, gemeine Gangster, auf frischer Tat ertappt, der sich nun zu meinen Füßen windet und das von blauen Flecken und Schwellungen entstellte Gesicht mit den Händen zu schützen sucht; und die andern, die schweigend einen Kreis um uns bilden. Ich wütete gegen ihn und prügelte ihn halb tot. Luciano wehrte sich nicht. Er beschränkte sich darauf, das Gesicht mit den Händen zu schützen, wobei er mir die widerwärtige, schwielige Innenseite seiner Hände zeigte. Er weinte nicht einmal. Er steckte nur die Schläge ein; das war alles.

In meiner Phantasie sah ich mich, wie ich unbarmherzig auf ihn einschlug; dabei hatte sich mein Glied aufgerichtet wie damals, als ich, noch ein kleines Kind, ohne selbst gesehen zu werden, durch die halboffene

Küchentür zusah, wie die Köchin (sie hieß Ines und kam vom Lande, eine ruhige, stattliche Frau von mütterlichem Wesen) ein Huhn ausnahm.
Als ich am nächsten Morgen nach traumlosem, bleiernem Schlaf erwachte, hatten die Dinge eine andere Dimension angenommen. Zwar war ich noch immer entschlossen, die Gelegenheit zum Bruch mit Luciano zu benutzen und mich ein für allemal von der Sklaverei dieses Alpdrucks zu befreien, der, geheim und uneingestehbar, so lange nun mein Leben verdüstert hatte. Aber meine Rolle als Scharfrichter erschien mir mit einemmal lächerlich und kaum durchführbar. Im Gegenteil, ich war Luciano gegenüber, der mich an der Kreuzung des Corso Giovecca und der Via Borgo Leoni erwartete (tatsächlich, er wartete dort, und sobald ich ihn sah, fühlte ich mich von einem dunklen Gefühl von Schuld und Furcht ergriffen), bemüht, mich wie üblich zu benehmen, so als ob nichts vorgefallen wäre. Wir gingen zusammen ins Guarini-Gymnasium, an diesem schönen, sonnigen und frischen Morgen, und sprachen dabei über alles mögliche. Ab und zu sah ich ihn verstohlen von der Seite an. Mehr denn je schien er mir klein, schwächlich und dürftig, mit seinen kurzen Hosen aus grauem Flanell und seinen dünnen Flamingobeinen. Aber seine hohe, gewölbte Stirn, hinter der soviel Bosheit steckte (Cattolica hatte von Beweisen gesprochen – gut, allein mit stichhaltigen Beweisen in der Hand wäre ich vielleicht fähig gewesen, mich auf ihn zu stürzen!), wagte ich kaum anzusehen.
In dem allmorgendlichen Gedränge im Flur des Erdgeschosses sah ich Cattolica. Er ging, groß und schlank,

zwischen Boldini und Grassi und sah mich mit einem Blick ernster Zurückhaltung an. Ich tat so, als hätte ich ihn nicht bemerkt. In der Klasse aber, als wir auf den Beginn des Unterrichts warteten, brach er das Schweigen zwischen uns.

»Eine reizende Art und Weise!« sagte er und sah zugleich beleidigt und blasiert aus. »Darf ich erfahren, warum du gestern abend mitten im Gespräch einfach den Hörer aufgelegt hast?«

»Entschuldige«, murmelte ich. »Ich weiß selber nicht warum.«

»Glaubst du, was ich dir über Pulga erzählt habe, oder glaubst du es nicht?«

Bleich und mager, sah er mich mit seinen tiefliegenden, schwarzen, fanatisch glühenden Augen an – Augen eines mittelalterlichen Mönchs, dachte ich. Ich sah wohl, daß ihn nichts anderes bewegte als der Wunsch, mich zu demütigen. Aber ich brauchte ihn jetzt, und ich hatte keine andere Wahl.

»Ich werde es glauben«, antwortete ich, »wenn du mir die Beweise gibst.«

Der Professor betrat das Klassenzimmer, ich weiß nicht mehr, wer es war, und wir mußten schweigen. Aber im Laufe des Vormittags kam Cattolica mehrmals auf das Thema zurück, wobei er sich wie üblich die Hand vor den Mund hielt. Es war schwierig, sich so, ständig unterbrochen, zu unterhalten, stets darauf bedacht, sich nicht ertappen zu lassen. Aber wir sprachen trotzdem. Richtig – begann er, es sei vollkommen berechtigt, daß ich Beweise verlangte. Nun, dann brauchte ich nur zu ihm in die Wohnung zu kommen.

»Zu dir?«

»Sicher. Ich lasse Pulga auch kommen, und dann kannst du selbst hören, was er zu erzählen hat.«

»Worum handelt es sich denn eigentlich?«

»Wenn du erwartest, daß ich dir das sage«, antwortete er mit angewiderter Miene, »dann, glaube ich, wirst du lange warten können. Ich verabscheue Klatsch.« Er schüttelte sich.

»Selber hören! Aber wie soll das gehen?« Die Idee einer Gegenüberstellung erschreckte mich.

»Ich sage dir, komm! Ich habe einen ganz bestimmten Plan, um ihn zum Sprechen zu bringen. Hab keine Angst.«

»Wann ... wann soll ich kommen?«

»Wenn du willst, auch heute schon.«

»Und um wieviel Uhr?«

»Wann es dir paßt«, sagte er entgegenkommend, »zu jeder Stunde, die dir angenehm ist. Um vier, fünf, sechs, sieben Uhr ... Ich wiederhole: komm, wann du magst. Nur muß ich«, und hier lächelte er, »genau von dir wissen, wann du kommst. Du verstehst, warum. Nicht wahr?«

Ich zeigte auf Boldini und Grassi vor uns.

»Ja«, bestätigte er. »Sie werden dabeisein. Es ist notwendig.«

Ich zögerte noch ein wenig, aber am Ende war ich einverstanden. Pulga wollte ich mit irgendeiner Ausrede absagen, erklärte ich, und um sechs Uhr würde ich mit Sicherheit bei ihm erscheinen.

»Sei pünktlich«, mahnte er mich, »sonst riskierst du, mit ihm vor der Tür zusammenzutreffen.«

Als die Schule aus war, wartete Luciano am Ausgang auf mich. Ich war jetzt ruhig und entschlossen.

»Übrigens«, sagte ich, als wir am Ende der Via Borgoleoni angelangt waren, »es ist besser, wenn du heute nicht kommst.«

Er zog die Augenbrauen hoch.

»Nicht? Und warum?«

Kurz zuvor hatte ich beobachtet, wie Cattolica ihm im Hausflur der Schule etwas sagte, worauf er geantwortet und schließlich stumm genickt hatte. So ein Heuchler, dachte ich. Wie gut er sich verstellen kann, der gemeine, eklige Wurm!

»Ich habe eine Verabredung«, antwortete ich kurz und wich seinem Blick aus, der etwas ängstlich den meinen suchte; statt dessen beobachtete ich die Schweißperlen auf seiner Oberlippe.

»Eine Verabredung?«

Ich nickte. Dann fügte ich rasch hinzu:

»Ich muß mit meiner Mutter zu meinem Onkel Giacomo gehen und mich von ihm untersuchen lassen.«

»Wieso denn? Hast du wieder Halsschmerzen bekommen?«

»Ja, leider«, behauptete ich und tat, als ob ich kaum schlucken könnte. »Ich glaube, daß mir mein Onkel eine Spritze geben will. Mein Vater ist dagegen, aber mein Onkel nicht; man kann sagen, daß er nichts anderes als Injektionen gibt.«

Er blickte mich mit einem merkwürdigen Ausdruck an, nachdenklich und betrübt. Als hätte er alles erraten.

»Ich verstehe«, sagte er. »Und um wieviel Uhr gehst du zu deinem Onkel? Wenn du vielleicht erst spät fortgehst, könnte ich ja ein bißchen früher als sonst kommen, etwa um drei oder halb vier Uhr.«

»Nein, besser nicht. Ich weiß nicht genau, wann mein Onkel für uns Zeit hat. Wenn er in der Poliklinik ist, kann man nichts machen. Dann müssen wir abwarten, bis er telephoniert, und das kann zu jeder Zeit des Nachmittags geschehen, früh wie spät.«

Wir waren während unseres Gesprächs an der Ecke des Corso Giovecca stehengeblieben, an derselben Stelle, an der wir uns am Morgen getroffen hatten. Nun trennten wir uns dort; ich bog wie gewöhnlich links ab, während er diesmal darauf verzichtete, mich bis zur Ecke der Via Terranuova zu begleiten, und geradeaus zur Piazza Castello und weiter in der Richtung auf die Porta Reno zuging.

Pünktlich um sechs Uhr läutete ich an der Haustür Cattolicas.

Er öffnete mir selbst (übrigens ohne mich zu begrüßen), kam die drei Stufen vor der Tür herab, lud sich mein Fahrrad auf die Schultern und ging mir voran in einen kleinen Vorraum.

Draußen war es noch sehr hell. Ich hatte die ganze Stadt von Osten nach Westen durchquert und immer die tiefstehende Sonne in den Augen gehabt. Doch in der fensterlosen Diele, nur schwach erleuchtet durch eine einzige Lampe von geringer Leuchtkraft, war es so dunkel, daß man fast nichts sah. Es war ein nüchterner Raum, in dem es kalt war und nach Feuchtigkeit roch, mit dunklen, glatten, spiegelnden Fliesen als Fußboden, einem gewaltigen, schwarzen, altmodischen Kleiderständer, der an der Wand neben der Haustür stand, und einer kahlen, häßlichen Treppe aus dem gleichen Zement wie die drei Stufen vor dem Hause, die in einer eckig unterbrochenen Spirale zum Oberstock führte. Unter der Treppe befand sich eine Glastür. Sie stand halb offen und ließ ein Wohnzimmer erkennen, in das ein einsamer, melancholischer Sonnenstrahl fiel. Gegen den Kleiderständer standen aneinandergelehnt drei Fahrräder. Eins davon, die graue Majno, war Cattolicas Rad. Er stellte auch mein Fahrrad zu dem Stapel, dann aber besann er sich anders und packte es sich wieder auf die Schultern.

»Was machst du denn?« fragte ich flüsternd.

»Es ist besser, wenn ich es ins Zimmer bringe«, erwiderte er, ebenfalls flüsternd, und ging auf die Glastür zu. »Schlau, wie er ist, würde er es bestimmt bemerken.«

»Sind die andern schon gekommen?« fragte ich. Ich hatte ihre Fahrräder erkannt.

Er war schon im Zimmer verschwunden.

»Was?« fragte er, die Stimme hebend.

»Ich habe nur gefragt, ob Boldini und Grassi schon da sind.«

Er kam zurück.

»Selbstverständlich«, antwortete er, ohne mich anzusehen, ganz damit beschäftigt, sich sorgfältig die Hände mit einem Taschentuch zu säubern.

Ohne weitere Worte zu wechseln, stiegen wir, er voran, die Treppe hinauf. Oben gelangten wir in eine Art von Vorzimmer, noch enger und kahler als die Diele unten, über der es zu schweben schien. Durch die rosa Gardinen am einzigen Fenster, das auf die Via Citta-

della ging, drang schwach das Tageslicht. Vor der Wand im Hintergrund jedoch, dem eisernen Geländer gegenüber, das den Raum zum Treppenhaus abgrenzte, erkannte ich, wie unten, einen schwarzen Garderobenständer, der mit dunklen Kleidungsstücken voll behängt war. Links zwei Türen, beide geschlossen; aber durch die Ritzen und das Schlüsselloch der ersten der beiden Türen sickerte grell blutrotes Licht.
Cattolica hatte die Tür geöffnet und stand mit den Schultern gegen das Licht.
Ich hörte, wie er sagte: »Komm doch, komm herein!«

10

Geblendet (übrigens handelte es sich nicht, wie ich zuerst geglaubt hatte, um elektrisches Licht, sondern um die untergehende Sonne, die das Zimmer mit ihrem Schein überflutete) trat ich ein und blickte mich alsbald überrascht um.
Es war ein großer Raum, ein Saal konnte man geradezu sagen, mit einem großen, breiten Fenster, das die Hälfte der westlichen Wand einnahm, und einem kleineren Fenster, das nach Süden, auf den Viale Cavour, den Aquädukt und die Wiesen des Exerzierplatzes blickte. Ich hatte bei meinem Eintritt sogleich Boldini und Grassi erkannt, die dem Fenster gegenüber an einem großen rechteckigen Tisch saßen, ihre Bücher und Hefte vor sich. Aber ich sah auch an zwei gegenüberliegenden Wänden die beiden Bücherregale aus hellem Holz, vollgestellt mit schön gebundenen Bän-

den, und bemerkte in der Mitte des Zimmers einen Diwan aus blankem dunklen Leder, davor einen kleinen niedrigen Tisch und zwei Sessel aus dem gleichen Leder. Der Parkettfußboden war tadellos gebohnert und übrigens fast völlig mit Teppichen belegt. Neben der Tür stand das Bett. An seinem Fußende lag eine sorgfältig zusammengelegte weiche Wolldecke; neben dem Kopfende stand ein eleganter Nachttisch. Kurz, ich sah den Luxus dieses Zimmers, das gewiß der größte und schönste Raum im ganzen Haus war und mit dem verglichen sogar mein Studierzimmer – so bewundert und gerühmt von Luciano – wie ein dürftiges Kämmerlein wirkte. Da hatte also Cattolica nicht sehr übertrieben, dachte ich, als er mit seinem Tisch geprahlt und behauptet hatte, an ihm sei Platz genug für unsere ganze Klasse einschließlich der Mädchen! Aber hinter diesem Komfort eines kleinen, verwöhnten Krösus erriet ich den Fanatismus von Eltern, die zu jedem Opfer bereit waren, damit ihr einziger und vergötterter Sohn die höchsten Ziele in Leben und Beruf einmal erreichte. Es war wohl vor allem der Fanatismus seiner Mutter, einer Mathematikprofessorin, mit der ich ihn zuweilen des Morgens Arm in Arm zur Schule hatte kommen sehen: eine hochgewachsene, bleiche, magere Frau mit funkelnden Augen, die tief in den Höhlen lagen, eine Frau, die, wie man hörte, imstande war, bis zu zehn oder zwölf Nachhilfestunden am Tage zu geben. Und wieder einmal ergriff mich eine unklare Abneigung, mit Neid gemischt, wie ich sie von Anbeginn gegen meinen Banknachbarn empfunden hatte.

Nachdem ich mit Boldini und Grassi ein kurzes *Ciao*

gewechselt hatte, setzte ich mich an das eine Ende des langen, schmalen Tisches. Gegenüber hatte ich den Kopf Boldinis, halb verborgen hinter einer großen Lampe mit grünseidenem Schirm, links Grassi und rechts Cattolica, der sich nun ebenfalls gesetzt hatte und rasch zu sprechen begann. Ich war unruhig. Jeden Augenblick fürchtete ich, Luciano eintreten zu sehen. Ich war von Mißtrauen und Groll erfüllt. Cattolica dagegen schien weder unruhig zu sein noch besonders bemüht, mich über seinen Plan zu unterrichten. Er plauderte rasch und gewandt, unterhielt den Gast, den Fremden. Gern hätte er mir etwas angeboten, versicherte er, und seine schwarzen Augen funkelten heftig, nur sei (im Grunde freilich war es am besten so!) außer ihnen niemand im Hause. Seine Mutter würde vor neun Uhr nicht zurück sein ... Schließlich erläuterte er die Situation und rechtfertigte sich. Es tue ihm aufrichtig leid, erklärte er. Es sei nicht seine Gewohnheit, nicht »sein Stil«, »Schleichwege zu suchen«, auch nicht, wenn es sich um »einen Pulga« handele. Aber die Schuld liege nicht bei ihm. In den vergangenen Tagen habe er sich redlich bemüht — das müsse ich zugeben —, alles zu tun, damit mir die Augen von selbst aufgingen. Und wie hätte ich ihm seine Mühe vergolten? Nicht nur hätte ich mich bis zuletzt taub gestellt, sondern obendrein eine Miene aufgesetzt, als ob nicht Pulga, sondern er der Lump und Verräter wäre. Schließlich habe er es satt gehabt. Er habe eingesehen, daß ich, was er auch sagen mochte, falsch auslegen würde. Und da er es nicht länger ertragen könne, den Eindruck zu erwecken, als wollte er sich heimtückisch zwischen zwei

Freunde stellen, habe er es für die beste Methode gehalten, mich von seinen guten Absichten zu überzeugen, indem er mich wie den ungläubigen Thomas die Wahrheit mit Händen greifen lasse. Jetzt hätte ich, Gott sei's gedankt, begriffen und glaubte ihm. Trotzdem sollte ich ruhig einmal ihn hier fragen – er zeigte auf Boldini – oder ihn – und er zeigte auf Grassi: War es wahr oder nicht wahr, fragte er die beiden, ohne mir Zeit zu lassen, nur ein Wörtchen zu sagen, daß Pulga die drei oder vier Male, die er hergekommen war, um mit ihnen zusammen zu arbeiten (vor etwa einem Monat, während der Zeit meiner Krankheit), ständig die abscheulichsten Dinge über mich gesagt habe? Da hatte er gesessen, auf demselben Platz, auf dem jetzt ich saß, ungeniert abgeschrieben, was er nur wollte, und bei jeder Gelegenheit schlecht über mich gesprochen – zu etwas anderem schien er gar nicht fähig zu sein ... Und was ich wohl bedenken möge: ganz spontan hatte er seine Schmähreden gehalten, ohne auch nur ein einziges Mal provoziert worden zu sein. Es schien ihm übrigens ein so großes Vergnügen zu bereiten, die tollsten Dinge über mich zu erzählen, daß er nicht umhin gekonnt habe, ihn einmal zu fragen, ob ich mich ihm gegenüber vielleicht schlecht benommen, ihm irgend etwas zuleide getan habe. Worauf der Unglückselige den Mut gehabt habe, ihm zu versichern, daß davon – um Himmels willen! – keine Rede sein könne, daß ich ihm gar nichts getan habe, ihn das aber nicht davon abhalten könne, mich »objektiv« zu beurteilen (hatte ich verstanden: objektiv?) nach dem, was ich war und was ich taugte.

Schweigend hörte ich zu. Als mich Cattolica, den knochigen Zeigefinger ausgestreckt, erregt aufgefordert hatte, mich doch an Boldini und Grassi zu wenden, hatte ich gehorcht und den Blick von ihm erst auf den einen, dann auf den andern gerichtet. Auf das »Ist es wahr oder nicht wahr?« Cattolicas hatte der erste mit einem ernsten Kopfnicken geantwortet und dabei verlegen auf den Tisch, auf seine gefalteten Hände geblickt. Der zweite, der sich über sein Heft, in das er Männchen malte, so tief beugte, daß er fast darauf lag, schien ihn gar nicht gehört zu haben. Aber sein Schweigen bedeutete das gleiche – daß er zustimmte und es sich tatsächlich so verhielt, wie Cattolica es erklärt hatte.
Beide, Boldini wie Grassi, waren übrigens ganz anders, als sie mir in der Schule immer erschienen waren. Boldinis Haar zum Beispiel war nicht blond, sondern rötlich. Und seine körperliche Kraft, von der Cattolica sprach – eine Eigenschaft, auf die ich nie wirklich geachtet hatte –, wurde mir hier zum erstenmal deutlich, als ich seine Hände sah, die er so kraftvoll ineinander verschränkt hielt, daß sie wie eine einzige Faust wirkten. Und Grassi? Auch Grassi war anders. Cattolica hatte ihn mit Silvio Pellico verglichen. Richtig. Vollkommen versunken in sein Männchenmalen, streckte er ab und zu die Zunge heraus, und für einen Augenblick ließ er die blasse Zungenspitze im Mundwinkel stehen. Richtig. Der Vergleich traf.
Plötzlich erhob ich mich, trat ans Fenster und drückte die Stirn an die Scheibe. Die Sonne war hinter der Zuckerfabrik am Bahnhof verschwunden, so daß das

Auge nicht mehr geblendet wurde. Der Blick auf die weite Fläche der Gärten, die sich vom Haus bis zum Stadtwall ausdehnten, und auf die endlose Ebene dahinter gab mir plötzlich den Wunsch ein, draußen zu sein, bei den Jungen, die dort auf dem Stadtwall hinter einem Ball herjagten, oder mit dem Zug zu fahren, der in diesem Augenblick, mit heruntergelassenen Fenstern, langsam den Bahnhof verließ, oder auch in der kleinen gelben Straßenbahn zu sitzen, so winzig wie eine Blechbüchse, dort hinten, auf der schönen asphaltierten Straße nach Pontelagoscuro auf den schwarzen Streifen des rechten Po-Damms zufuhr. Jetzt mußte es draußen kühl werden, dachte ich, und wenn nicht mehr heute, so wollte ich mich bestimmt morgen abend um diese Zeit (denn morgen abend um diese Stunde würde *alles* schon längst erledigt sein!) auf mein Fahrrad setzen und mir einmal den Fluß ansehen. Den Po bei Hochwasser. Und allein, endlich – nachdem ich Luciano entlarvt und mit ihm gebrochen hatte, gewiß, aber auch mit allen andern: für immer allein.
»Dieser Schuft!« sagte Cattolica wieder. »Wenn ich daran denke, daß es auf der Welt Menschen wie Pulga gibt, dreht sich mir der Magen um.«
Ich wandte mich ab. Ich konnte kaum erwarten, die Sache endlich hinter mir zu haben.
»Kommt er überhaupt noch?« fragte ich Cattolica und sah ihn, wie ich glaube, voller Haß an.
»Da sei ganz unbesorgt. Um sich in ein fremdes Haus zu drängen, wäre er bereit, wer weiß wie viele Kilometer an einem Tag mit seinen Streichholzbeinchen zu laufen. Du kennst doch diese Köter, diese Promenaden-

mischungen, bei denen ein Pfiff genügt, daß sie schweifwedelnd angelaufen kommen? Genauso Pulga, als der echte Metöke, der er ist. Seine Sucht, sich einzudrängen, verstehst du? Und nicht mal so sehr, weil er etwas nötig hätte! Es ist einfach eine Frage des Charakters« – und jetzt sprach er auch von mir, jetzt behandelte er auch mich mit versteckter Unverschämtheit. »Schau, vielleicht liegt's daran, daß ich kein Bastard und auch kein Metöke bin – übrigens, wenn ich ehrlich sein soll, ich kann Mischungen nicht leiden, sie verursachen mir eine Art Gänsehaut –, ich fühle mich nur in meinen eigenen vier Wänden wohl, während es, ganz im Gegensatz dazu, Menschen gibt, die man nie zu Hause antrifft ...«

»Um wieviel Uhr wollte er kommen?«

Er blickte auf seine hübsche verchromte Armbanduhr, Marke Eberhard, und schob die Lippen vor.

»Es ist noch Zeit. Ich habe ihm gesagt und mehrmals eingeschärft, sich nicht vor sieben Uhr sehen zu lassen, und da er folgsam ist, haben wir noch fünfundzwanzig Minuten, um alles zu verabreden.«

Obwohl Cattolica von einem bestimmten Plan gesprochen hatte, »um ihn zum Sprechen zu bringen«, hatte ich mir, weiß der Himmel warum, eine Art von Prozeß vorgestellt: mit Cattolica als Vorsitzenden des Gerichts, mit Boldini und Grassi in der Rolle von Beisitzern, Zeugen und Carabinieri zugleich, schließlich mit mir und Luciano, die sich vor dem Gerichtshof ein Rededuell zu liefern hatten. Kurz, ich hatte an eine unmittelbare Gegenüberstellung geglaubt, und diese Aussicht hatte mir in den letzten Stunden ein immer beklemmenderes Gefühl im Magen verursacht. Daher war es mir eine große Erleichterung zu erfahren, daß sein famoser Plan meine Anwesenheit im Zimmer überhaupt nicht vorsah – und damit auch keine peinliche Szene. Ich brauchte bei Lucianos Ankunft nur im Nebenzimmer zu verschwinden (Cattolica wies auf eine Tür hinter Boldini, die ich noch nicht bemerkt hatte) und konnte von dort aus, ohne gesehen zu werden, in aller Bequemlichkeit mit anhören, was der Bursche, wenn man ihm die entsprechenden Fragen stellte, über mich zu erzählen haben würde. Ich durfte mich allerdings nicht rühren. Ich durfte nur zuhören, sonst nichts, und ihnen dreien die Aufgabe überlassen, für alles übrige zu sorgen. Einstweilen aber möge ich bitte für einen Augenblick nach drüben, in das erwähnte Zimmer, gehen (es war das Schlafzimmer seiner Eltern) und darauf achten, die Tür nur anzulehnen. Es sei unbedingt notwendig, um mich im vorhinein zu vergewissern, wie ich von dort aus hören konnte.

Luciano nicht sehen zu müssen! Ihm nicht ins Gesicht schauen zu müssen, wenn ihn Cattolica zum Sprechen brachte! Von einem plötzlichen Glücksgefühl ergriffen, ließ ich mich nicht länger bitten, trat vom Fenster zurück und ging, an Boldini vorbei, ins Nebenzimmer. Es war dunkel da drinnen, zumindest schien es mir so: stockfinster wie in einem Keller. Ich stellte mich neben die Tür und blickte auf den Spalt.

Fröhlich sagte ich:

»Nun sprecht doch!«

»Schau, Gianni«, begann Cattolica ruhig, an Boldini gewandt, »meiner Meinung nach besteht kein Grund...«

»Schon gut«, antwortete Boldini, »ich verstehe ...«

»Kannst du uns hören?« fragte Cattolica mit erhobener Stimme.

»Ausgezeichnet!« antwortete ich laut. »Ich kann euch sehr gut hören.«

Und damit ging ich ins andere Zimmer zurück.

Ich setzte mich wieder, aber jetzt wußten wir nicht mehr, worüber wir reden sollten. Grassi zeichnete wieder Männchen. Boldini sah hinaus, offenbar angezogen vom Schauspiel der flatternden schwarzen Lappen — der Fledermäuse, die dem Fenster zuweilen so nahe kamen, daß man glaubte, sie müßten gegen die Scheiben schlagen. Die Dämmerung kam. Auch Cattolica schwieg. Verstohlen blickte er auf seine Armbanduhr.

»Wie spät ist es?« fragte ich.

»Es fehlen noch zehn Minuten.«

Er schüttelte den Kopf, als wäre er unzufrieden. Ich fragte, ob ihm irgend etwas mißfalle; mit melancholischer Miene verneinte er. Aber ich ließ nicht locker, und da gestand er, daß ihm tatsächlich etwas nicht gefalle.

»Vielleicht machen wir alles ganz falsch«, sagte er.

Er sah mich fest an. Falls mir danach zumute wäre, fügte er dann hinzu, aus meinem Versteck herauszukommen, nachdem sie Pulga ein ganzes Weilchen hätten plaudern lassen, und ihm auf der Stelle seine wohlverdiente und gerechte Strafe zu verabreichen, nämlich eine gehörige Tracht Prügel, dann brauchte ich keine Rücksicht auf sie zu nehmen. Keiner von ihnen dreien würde auch nur einen Finger rühren, mich daran zu hindern. Im Gegenteil.

»Wie stellst du dir das vor?« sagte ich. »Hier?«
»Warum nicht? Die Bestrafung aufschieben, ist soviel wie die Schuld halb vergeben. Stell dir einmal vor, du nimmst ihn morgen in der Schule beiseite und beginnst etwa so: ›Weißt du, Luciano ...‹« – und hier verfiel Cattolica in einen näselnden und süßlichen Ton, als ob Luciano und ich uns gewöhnlich in diesem Tonfall unterhielten –, »›weißt du, Luciano, gestern abend bei Cattolica war ich auch dabei, hinter der Tür versteckt.‹ Also wenn du so anfängst, mein Lieber, dann mach dir klar, daß du bereits verloren bist. Raffiniert und durchtrieben, wie er ist, hätte er dich bestimmt bald überzeugt, daß alles ganz anders war, er nicht verstehen könne, ich nicht begriffen hätte ... und so weiter. Ja, er wäre am Ende noch fähig, sich zu entrüsten: so etwas könne man nicht machen, eine solche Falle stelle man seinem Freunde nicht, und wenn er dich ein bißchen heruntergemacht habe, so nur, weil er die List sofort erkannte und dich damit für deine Hinterlist bestrafen wollte ... Ich meine, euch vor mir zu sehen«, sagte er lachend. »Und am Ende platzt alles wieder wie eine Seifenblase.«
Er hatte recht. Auch ich konnte mich mit Luciano sehen, und dann, ein wenig später, Luciano wieder in meinem Hause, um die Schularbeiten zu machen. Als ob nichts passiert wäre.
»Schön«, sagte ich zögernd und blickte mich um. »Aber hier – wie sollte das möglich sein?«
Cattolica sprang auf.
»Ich mache dir Platz für den *Ring*.«
Im Nu hatte er, ohne Hilfe, den Lederdiwan und den

kleinen Tisch vor das Seitenfenster und dann die beiden Sessel an die gegenüberliegende Wand vor das Bücherregal gerückt. Schließlich rollte er noch rasch den in der Mitte liegenden Teppich zusammen und schob ihn unter das Bett.
Mit hochrotem Gesicht richtete er sich auf. »Das hätten wir also!« Er gesellte sich wieder zu uns.
Vom andern Ende des Tisches blickte Boldini zu mir herüber. Seine Augen waren von dem gleichen eisigen Blau wie die Lucianos. Weder er noch Grassi waren je sehr gesprächig gewesen. Wenn sie überhaupt sprachen, dann meistens nur unter sich und mit Cattolica, aber im Flüsterton wie junge Seminaristen und stets bereit, sobald sich ein Fremder näherte, Cattolica auch für sich sprechen zu lassen.
Jetzt aber sah mir Boldini gerade in die Augen. Schon das war ungewöhnlich. Er preßte die Lippen zusammen, wie um ein schüchternes Zittern zu unterdrükken. Dann fragte er mich ernst, das spitze Kinn hochgereckt:
»Du hast doch keine Angst, nicht wahr?«
»Angst!« lachte ich. »Ich bitte dich!«
Aber er schien nicht ganz überzeugt. Er wollte wissen, wieviel ich wog und welches Gewicht meiner Schätzung nach Luciano habe. Schließlich meinte er, ein gut gezielter Schlag von mir müsse genügen, um Luciano niederzuwerfen.
Er stand auf, ging an Grassi vorbei und trat auf mich zu, um die Muskeln an meinem rechten Arm zu befühlen. Gleichzeitig (Cattolica war ausnahmsweise einmal still und beschränkte sich darauf, zustimmend mit

dem Kopf zu nicken) fuhr er fort, mich über den Ausgang des Kampfes zu beruhigen und mir Ratschläge zu geben. Er zweifele nicht, daß dieser Kampf blitzschnell mit meinem K.o.-Sieg enden würde. Ich sollte nur auf den Magen zielen, mit der Linken; dann aber sofort mit der Rechten einen Doppelschlag gegen das Kinn führen. Es ist ganz leicht, versicherte er, ein Kinderspiel.

»Komm her, damit ich's dir zeige.«

Ich folgte ihm in den »Ring«, den Cattolica in der Mitte des Zimmers vorbereitet hatte. Und dort standen wir noch, wie der Boxlehrer und sein Schüler, und übten, angestaunt von Cattolica und Grassi, als es plötzlich an der Haustür läutete.

II

Noch kurz zuvor, in den wenigen Augenblicken, die ich mich dort aufgehalten hatte, war mir das Schlafzimmer stockfinster erschienen. Aber ganz so dunkel war es nicht. Ich brauchte nur zurückzukommen (wie vorher stand ich auch jetzt an der Wand neben der angelehnten Tür), und schon nach wenigen Sekunden stellte ich fest, daß ich mich getäuscht hatte. Ein wenig konnte man im Zimmer sehen.

Drüben hatten sie schon die Tischlampe angezündet. Das Licht, das von dort durch den Türspalt drang, war ein weißer Streifen, der gerade vor meinen Füßen den mit dunklen sechseckigen Fliesen ausgelegten Fußboden (es waren die gleichen Fliesen wie im Erdgeschoß) scharf durchschnitt und, ohne auf irgendeinen Gegenstand zu treffen, die Wand gegenüber erreichte und dort senkrecht bis zur Decke emporkletterte. Aber der schwache Lichtschein im Zimmer – man meinte, sich in einer Krypta zu befinden; übrigens war das Zimmer kaum halb so groß wie der Raum nebenan – rührte vor allem von einem winzigen Lämpchen, das unter einem Heiligenbild an der Wand rechts von mir brannte. Es machte nicht nur das Bild sichtbar – einen Christus mit blauen schmachtenden Augen: das blonde Haar teilte in der Mitte ein tadellos gezogener Scheitel; die Korallenlippen waren über zwei schneeweißen Zahnspitzen leicht geöffnet; schlaff erhoben, wies eine weiblich anmutende alabasterweiße Hand auf ein dickes rotes Herz, das wie eine scheußliche Frucht auf seiner Brust prangte –; der Lichtschein reichte auch aus, um die beiden nebeneinander, doch getrennt stehenden Betten zu erkennen, massiv wie Grabplatten, und im Hintergrund, wie um sie zu bewachen, schwarz und wuchtig eine Kommode und einen Schrank.

Ich lauschte mit gespannter Aufmerksamkeit, war aber ruhig. Ich blickte auf den Christus und auf sein gewaltiges rotes Herz; und ich spürte, wie mein eigenes Herz, das mir erst bis zum Halse geschlagen hatte, sich nun wieder beruhigt hatte. Übrigens war ich nicht mehr dort, nur wenige Meter von Cattolica und Luciano entfernt, die langsam die Treppe hinaufgestiegen waren und sich nun im Gespräch auf dem Treppenflur aufhielten, woher ihre Stimmen zu mir drangen. Nein, dort war ich in Wahrheit nicht mehr. Das Zimmer, in dem ich mich verbarg, hatte sich mir plötzlich in einen Ort verwandelt, der unendlich viel geheimer, entlegener und düsterer war – in einen Punkt, verloren im unendlichen Raum, weit wie das Meer ...

Nun saßen sie zu viert am Tisch, Luciano, wie ich erriet, an dem Platz, an dem noch vor ein paar Minuten ich gesessen hatte. Wann und wie würde nun das Gespräch auf mich kommen?

Sie hatten zwei Stunden Zeit. Vielleicht gab sich Cattolica auch deshalb keine Mühe, das Tempo zu beschleunigen, abgesehen davon, daß es ihm gewiß Spaß machte, mich auf die Folter zu spannen. Er ließ Luciano reden. Geduldig und scheinheilig, wie es die Katze mit der Maus ist, hörte er der Maus zu, wie sie fließend und mit Bologneser Akzent plapperte. Pulga sprach von ziemlich nebensächlichen Dingen; auch er zauderte. »Na und?« schien Cattolica sagen zu wollen, der zumeist schwieg. – Mochte die kleine Canaille endlich ihrer Laune freien Lauf lassen, mochte sie ihr Bestes tun, um amüsant und interessant zu werden und sich nach ihren Kräften erkenntlich zu zeigen für die unschätzbare Ehre, hier empfangen worden zu sein. Früher oder später (aus dem Ton seiner gelegentlichen Entgegnungen, seiner zurückhaltenden Einwürfe, mit denen er das ständige leise Dröhnen der Stimme Lucianos unterbrach, ersah ich, wie sicher sich Luciano seiner Sache fühlte) würde er mit ihm genau das machen, worüber wir alle, auch ich, übereingekommen waren.

Eine gute halbe Stunde also sprach Luciano von Dingen, die mich allenfalls indirekt betrafen.

Er begann mit den Schularbeiten; das heißt, er fragte,

ob sie sie schon gemacht hätten. Und als ihm Cattolica antwortete, daß sie gerade jetzt damit fertig geworden seien, einen Augenblick vor seinem Kommen, seufzte er: »Ihr habt es gut!« Er dagegen habe gerade erst einen Teil herunterschmieren können, nämlich die italienische und die Lateinaufgabe, aber noch nicht die griechische. »Nein, nein, vielen Dank!« wehrte er ab, wobei er mich sehen ließ (*sehen*, wörtlich verstanden), wie er sein Kinn ruckartig zur Seite herausdrückte, es wäre wirklich nicht nötig, daß ihm Cattolica sein Heft liehe. Und die achtundneunzig Verse aus der ›Ilias‹ zu übersetzen, die ihnen »dieses Aas« Guzzo aufgegeben hatte, bleibe ihm ja noch der ganze Abend nach dem Essen und der frühe Morgen des nächsten Tages; ganz zu schweigen davon, daß er wenigstens einmal auch allein mit den Schwierigkeiten fertig werden wollte. Daran liege ihm sehr viel, versicherte er mehrmals energisch. Und um so mehr, als, falls er von seiner Liebenswürdigkeit Gebrauch mache, es so aussehen könne, als wäre er nur deswegen gekommen, während er nichts anderes im Sinne gehabt habe, als ein ruhiges Plauderstündchen mit ihnen zu halten.

Von den Schularbeiten kam er schließlich auf die Philosophie.

Razzetti müsse ihn noch abhören, erklärte er, so daß er morgen früh nach seiner Ilias-Übersetzung sicherheitshalber auch noch einen Blick in den ›Phaidon‹ werfen wolle. Aber, in diesem Zusammenhang: zugegeben, die Philosophie war nicht Razzettis Fach; er lehrte sie ja auch erst seit der Einführung der Reformen Gentiles und behalf sich dabei wie im Geschichtsunterricht mit seinen üblichen synoptischen Tabellen. Aber war nicht Platon an und für sich schon genau so fade wie dieser arme alte Razzetti? Stand nicht im ›Phaidon‹ eine Menge Humbug? Und Sokrates! Mit dieser ewigen selbstgefälligen Miene des Professors Neunmalklug und dabei so dumm und dämlich! Ein wahres Glück, daß sie ihm am Ende tatsächlich (er hatte es schon im voraus gelesen) den »sprichwörtlich gewordenen Schierlingsbecher« zu trinken gegeben hatten, der als einziges Mittel geblieben war, ihm den Mund zu stopfen, diesem eingebildeten, auf die Nerven gehenden Patron . . . Aber auch abgesehen von Platon und Sokrates lief die Philosophie seiner bescheidenen Meinung nach im allgemeinen auf einen großen Betrug hinaus. Und sie sollten ihm jetzt bitte nicht erzählen, daß sie daran glaubten.

»Was hat das mit Glauben zu tun?« wandte Cattolica ein. »Die Philosophie ist doch nicht die Religion, die den Glauben braucht!«

»Entschuldige meine Unwissenheit, aber was ist sie dann?«

Langsam, gutmütig und geduldig setzte ihm Cattolica auseinander, was er über Philosophie dachte. Auch Grassi und sogar Boldini ließen hin und wieder ihre Meinung hören.

»Vielleicht habt ihr recht«, räumte Luciano schließlich ein.

Aber, desungeachtet, fuhr er fort, was für eine schlechte Note würde er, bei seinem »durch Überanstrengung« so geschwächten Gedächtnis, morgen bekommen, wenn es sich Razzetti tatsächlich einfallen lassen sollte, ihn

aufzurufen. Für diesen Fall wolle er, angesichts seiner – wie ihm wohl bewußt sei – bescheidenen Intelligenz und seines stark reduzierten Gedächtnisses (er sei ja leider kein Cattolica, der einen Text nur ein einziges Mal zu lesen brauchte!) doch Boldini und Grassi, die beide in der ersten Bank saßen, herzlich bitten, ihm nach Möglichkeit vorzusagen!
Aber um auf den ›Phaidon‹ zurückzukommen: er sehe darin, wie bereits gesagt, einen großen Humbug. Jedoch, er enthalte auch eine Theorie, und wie er anerkennen müsse, habe ihn diese Theorie ziemlich überzeugt, obwohl sie vermutlich auch nur Unsinn sei.
»Ich möchte wetten, daß du die Seelenwanderung meinst«, bemerkte Cattolica.
»Wie hast du das erraten?« fragte Luciano verwundert. »Ja, gerade davon spreche ich.«
Cattolica erwiderte, daß, wenn er etwas im ›Phaidon‹ nicht glaube, dies die Lehre von der Wanderung der Seelen vom Menschen zum Tier und umgekehrt sei. Um das anzunehmen, müsse man zuvor die katholische Religion aufgegeben haben. Und als guter Katholik glaube er an die Hölle, an das Fegefeuer und den Himmel.
»Ich will nicht diskutieren«, erwiderte Luciano zerknirscht. »Aber daß an der Seelenwanderung etwas Wahres ist, das *fühle* ich.«
Guzzo zum Beispiel, erläuterte er, mochte, bevor er mit zwei Beinen und zwei Armen geboren wurde, recht wohl eine Giftschlange gewesen sein, ob eine Viper oder eine Kobra, wolle er nicht entscheiden, und dazu würde er auch wieder werden, sobald er, wann es Gott

gefiel, das Zeitliche segnete. Die Krauss indessen, die sich, wenn sie da oben in ihrem Physik- und Chemiesaal zwischen Retorten und Destillierkolben hockte, wie eine richtige Nachteule aufführte, stammte vielleicht von einer Ente ab; man brauche nur einen Blick auf ihr Gesäß zu werfen. ›Halber Liter‹ wiederum war vielleicht ein Regenwurm gewesen — von der Sorte, wie man sie draußen auf dem Lande findet: man braucht nur mit dem Fuß an eine Erdscholle zu stoßen, und schon kommen sie haufenweise zum Vorschein, ganz klein zwar, aber schön fett und rosa.

Dann kam er auf unsere Mitschüler zu sprechen. Nichts sei leichter vorzustellen, als daß Mazzanti eine Maus gewesen sei; die Frage bliebe nur, ob Speicher- oder Kellermaus oder gar Kanalratte; Chieregatti ein Lastesel; Lattuga natürlich ein Schwein oder vielleicht auch eine Hyäne, wenn man bedenkt, daß sich die Hyäne von Aas nährt, von den Toten auf den Friedhöfen, und noch schlimmer stinkt als das Schwein. Donadio mochte ein Versuchstier gewesen sein, ein Meerschweinchen, Camurri ein blinder Maulwurf und Droghetti mit *der* Nase ein Dromedar; Selmi sehe er als Pferd, als ein etwas lahmes allerdings, und Verenesi und Danieli, die armen Teufel, als Esel, aber solche, denen das Ding immer lang herunterbaumele. Und so weiter. Wenn man nun für einen Augenblick unterstellen wolle, daß die Seelenwanderung nicht der Humbug sei, der sie am Ende doch sein mochte, dann würde jeder der Genannten in der ursprünglichen Form wiedererstehen — bis auf Lattuga, der mit aller Wahrscheinlichkeit als Wurm wiederkehren würde, einer von jenen, die im Darm schmarotzten, bis zum Knie in der Scheiße – und bis auf Mazzanti, der sich sehr wohl statt als Maus oder Kanalratte als Filzlaus wiederfinden könnte, die sich mit Mühe einen Weg durch das Haardickicht von wer weiß wem bahnte.

»Du hast die Mädchen vergessen«, bemerkte Cattolica.

»Aber die zählen doch gar nicht. Entschuldige, aber hast du sie dir einmal angesehen? Wo sollen die schon herkommen! Sie werden allesamt Hühner und Gänse gewesen sein.«

Ich hörte ihn spöttisch lachen. Er wirkte sehr zufrieden mit sich und höchst angeregt.

»Und ich?« fragte Cattolica. »Was könnte deiner Meinung nach ich gewesen sein? Los, ich hab' keine Angst!«

»Du? Du könntest auch ein Vogel gewesen sein: ein Falke, einer von den großen aus den Alpen, oder ein Sperber, oder sogar ein Adler. Der über die andern«, deklamierte er näselnd, »wie ein Adler aufsteigt...«

»Bum! Und Boldini?«

»Warte mal. Er könnte ein Jaguar gewesen sein oder ein Seebär. Während du, Grassi – weißt du, was du warst? Du warst ein Biber. Doch, ein Biber. Eins von diesen Tieren mit zwei großen Vorderzähnen, immer im Wasser, mit Dammbauten beschäftigt...«

Jedenfalls, fuhr er fort, sei er mit Platon der Meinung, daß nur wenige, aber wirklich *sehr* wenige Menschen, Männer wie Frauen, es schafften, bei ihrer Wiedergeburt nicht auf eine frühere Stufe zurückzufallen. Er selbst sei vielleicht ein Hund gewesen (an manchen Tagen konnte er es fühlen – an der Haut). Mit fast mathematischer Sicherheit stehe ihm deshalb seine »Rückkehr zum Ausgangspunkt« fest; falls es nicht sein Schicksal sei, wie Mazzanti und Lattuga sehr viel tiefer die Treppe hinunterzupurzeln.

Einige Sekunden herrschte vollkommene Stille.

»Also, fassen wir noch einmal zusammen«, nahm endlich Cattolica das Gespräch wieder auf – und ich meinte, in diesem Augenblick ein schwaches Geräusch zu hören, als ob jemand ein Streichholz angezündet habe –, »Lattuga ein Darmparasit, Mazzanti eine Filzlaus. Und du?«

»Ich weiß nicht«, antwortete er. »Wir wollen einmal überlegen.«

Wenn er sich aussuchen dürfe, erklärte er dann, als welcher Parasit er wiederkommen wolle, dann wäre es ihm eigentlich das liebste, gleich bis ans unterste Ende der Stufenleiter zu rutschen und, statt ein Floh oder eine Laus zu werden, als Mikrobe seine Reinkarnation zu erleben. Doch, ja, als Mikrobe! Es wäre, wie er mit einem Seufzer versicherte, eine recht vorteilhafte Wiederverkörperung. Keine Sorgen ums Essen und Trinken. Garantiert unsichtbar für jedes unbewaffnete Auge. Kurz, ein Leben wie im Schlaraffenland. Und Pflichten? Keine, außer einer gewissen Zurückhaltung, indem man es vor allem vermied, dem Beispiel jener Mikrobenkollegen zu folgen – wie etwa dem Typhuserreger oder, was weiß ich, dem Erreger der Tollwut, des Tetanus oder der Tuberkulose –, denen es den größten Spaß mache, in wenigen Tagen alles um sich herum zu zerstören. Statt dessen solle man es wie die gutmütigeren Mikroben machen, die, wenn sie ein ruhiges Plätzchen gefunden haben, sich dort still verhalten und ihre zwanzig, dreißig, ja vierzig Jahre schmarotzen und letzten Endes niemandem Ungelegenheiten bereiten. Der Syphiliserreger oder der Tuberkelbazillus (er denke an die Knochen- oder Drüsentuberkulose): das war das einfache Volk unter den Mikroben, mit Grips im Kopfe, das zu leben und leben zu lassen verstand! Das sagte sein Vater auch immer.

Wieder lachte er laut, allein. Die andern schwiegen.

Und in diesem Augenblick nannte Cattolica meinen Namen. Er klang gar nicht wie mein eigener Name, sondern wie der irgendeines Fremden. Also gut, hörte ich ihn sagen, wenn er, Pulga, ein Hund gewesen sei, was war dann ich?

»Auch ein Hund«, antwortete Pulga ohne zu zögern. »Das steht außer Zweifel.«

Doch mit dem wesentlichen Unterschied, fügte er hinzu, daß er – er könnte darauf schwören – einer dieser kleinen, ordinären Köter gewesen sei, in denen sich zahlreiche Rassen gekreuzt haben und die immer auf der Straße herumschnüffeln und auf alle Exkremente und Pinkelpfützen unterschiedslos neugierig sind, dagegen ich ein vornehmer Hund gewesen sein müßte. Nicht reinrassig, das nicht, aber eine ziemlich gute Kreuzung (von einem Wolfshund als Vater und einem Setter als Mutter – oder einem Pointer als Mutter und einer Bracke als Vater), einer dieser Hunde, die bei jeder Gelegenheit gute Figur machen und deswegen leicht ein Haus finden, in dem sie sich auf Lebenszeit niederlassen und fett werden. Alles in allem: ein großer Hund, aber kein ganz großer; schön, aber nicht der schönste; stark, aber nicht der stärkste, mutig, aber nicht der mutigste. Wenn nun ein solcher Hund einmal auf einen kleinen Bastard vom »Typ Pulga« träfe, nur um ein Beispiel zu nennen (zwei Kilo Gewicht ungefähr und nicht höher als eine Handbreit), dann könne es geschehen, daß der kleine Bastard ihn am Gängelband führe. Und es sei nicht einmal gesagt, daß der schöne große Hund ihm immer mit der Nase unterm Schwanz folgen dürfe. O nein! Im Gegenteil!

12

Als sie endlich aufgehört hatten zu lachen (alle vier waren in Gelächter ausgebrochen: es lachte Luciano, es lachten Boldini und Grassi, und sogar Cattolica lachte), sprachen sie weiter. Jetzt redeten sie von mir, nur von mir. Und wie schon zuvor überlagerten die Stimmen Lucianos und Cattolicas die der beiden andern.

Was sie sagten?

Cattolica fragte Luciano, wie es ihm gelungen sei, seine früher mit mir getroffene Verabredung rückgängig zu machen. Und Luciano antwortete, daß er überhaupt keine Schwierigkeiten gehabt habe; alles sei glatt gegangen, da ich selbst ihn mit der Ankündigung überrascht habe, daß ich heute nachmittag verhindert sei. Natürlich sei es ihm wie ein Wunder erschienen, daß ich ihm damit zuvorkam und ihn der Mühe, eine Ausrede erfinden zu müssen, entbunden habe. Andererseits habe es ihm weniger gut gefallen, daß ich ihn einfach im Stich gelassen hätte, ohne die geringste Rücksicht darauf, daß er, nicht gewöhnt, allein zu arbeiten, Blut und Wasser schwitzen mußte, wenn er sich ohne Hilfe aus der Affäre ziehen wollte. »Das kann man doch nicht machen!« entrüstete er sich. Wenn man sich einmal an eine bestimmte Regelung gewöhnt habe, dann verlasse man sich darauf. Das sei selbstverständlich. Aber es sei nichts zu machen gewesen mit mir. Er habe sich noch so sehr anstrengen können, unsere übliche Nachmittagsverabredung so weit wie möglich vorzuverlegen. Doch umsonst. Ich sei auf nichts eingegangen. Ich hätte ihm gesagt, daß mir der Hals schmerze und ich deshalb meinen Onkel, den Arzt, aufsuchen müsse. Aber wahrscheinlich sei das nur eine Ausrede.

»Eine Ausrede?« fragte Cattolica, ohne daß seine Stimme das geringste Beben verriet. »Warum sollte er es nötig haben, eine Ausrede zu gebrauchen?«

»Was weiß ich! Er ist nicht so leicht zu durchschauen! Man hält ihn zunächst für naiv. Und er *ist* naiv. Aber gleichzeitig ist er so kompliziert, wenn ihr nur wüßtet! So argwöhnisch und versteckt und so leicht beleidigt!«

Leider, fuhr er fort, bestünden zwischen ihnen dreien und mir nicht die besten Beziehungen. Zwecklos, es leugnen zu wollen. Unglücklicherweise habe auch er die sich daraus ergebenden Konsequenzen auf sich nehmen müssen. Aber, da sie gerade dabei seien: was sei eigentlich *wirklich* zwischen uns vorgefallen, daß ich so böse auf sie sei und besonders auf ihn, Cattolica? Was hätten sie mir eigentlich *wirklich* angetan? Zwar wisse er aus Erfahrung, was für einen schlechten Charakter man bei einem Juden erwarten könne. Aber eine solche Wut? Was war geschehen?

»Ich falle aus allen Wolken«, antwortete Cattolica ruhig. »Ich für mein Teil habe nie etwas gegen ihn gehabt. Im Gegenteil. Und ebensowenig diese beiden.«

»Weißt du, was ich glaube?«

»Laß hören.«

»Ich glaube«, sagte Luciano, und er senkte die Stimme, »daß sein Groll gegen euch hauptsächlich daher rührt, daß er gern euer Freund geworden wäre, gern hierher, in dein Haus gekommen wäre und mit euch gearbeitet hätte. Und«, er lachte spöttisch, »das hat er nicht erreicht.«

»Aber nicht doch! Was setzt du dir da in den Kopf?« sagte Cattolica, ein wenig ungeduldig geworden. »Erstens sind wir die besten Freunde. Wäre es anders, möchte ich gern wissen, aus welchem Grunde wir so viele Monate hindurch auf derselben Bank geblieben wären. Zweitens«, fuhr er fort und senkte nun ebenfalls die Stimme, »wenn es richtig ist, was du sagst, nämlich, daß er so gern bei mir gearbeitet hätte, warum hat er es mir dann nie gesagt? Er hätte mich doch sehr gut darum bitten können, nicht wahr?«

»Selbstverständlich hätte er das gekonnt!« stimmte ihm Luciano zu. »Aber verzeih (ich versuche immer, mich an seine Stelle zu versetzen): welchen Spaß hätte es ihm denn machen können, wenn er dich darum hätte bitten müssen? Schau, ich kenne ihn doch und weiß, was ich sage: noch mehr, als hierherzukommen, hatte er sich gewünscht, hierher eingeladen zu werden. Da du aber auf diesem Ohr stets taub geblieben bist, ist er nun insgeheim so böse auf dich. Da haben wir den Grund!«

Ich hörte, wie ein Stuhl gerückt wurde, und schloß daraus, daß Cattolica aufgestanden war. Sein vom Teppich gedämpfter Schritt war mit einemmal geräuschvoll von der freigemachten Stelle zu hören, die den »Boxring« darstellte, bis er wieder lautlos wurde. Vielleicht, überlegte ich, war er ans andere Ende des Zimmers gegangen und hatte sich dort aufs Bett gesetzt oder gelegt.

»Aber«, so hörte ich dann die Stimme von dort hinten, »was hat er dir getan, daß du immer so schlecht von ihm sprichst? Du müßtest doch eigentlich sein Freund sein! Wie kommt es denn, daß du ihn nicht leiden kannst?«

Auch Luciano stand nun auf. Wahrscheinlich fühlte er das Bedürfnis, sich Cattolica zu nähern, und tatsächlich klang seine Stimme, als er antwortete, anders. Sie kam aus weiterer Entfernung.

Es sei wahr, bekannte er, er könne mich wirklich nicht leiden. Aber nicht so sehr deshalb, weil ich ihm unsympathisch sei oder – er habe es ja schon bei anderer Gelegenheit erklärt – weil ich mich ihm gegenüber schlecht benommen hätte. O nein! Wenn er an mir Kritik übe, dann aus sehr viel ernsteren Gründen als wegen der bloßen Unvereinbarkeit unserer Charaktere, die zwar bestehe, aber doch nur von relativer Bedeutung sei. Ebensowenig handele es sich bei ihm um die hysterische Verärgerung eines unreifen kleinen Jungen. Er besitze genügend Überlegenheit und innere Ausgeglichenheit, um sich derartige Reaktionen zu versagen. Jedoch gerade weil er sich über jedes kleinliche Verhalten erhaben fühle, könne ihn nicht einmal die Dankbarkeit – auf die dagegen ich mich offensichtlich verließe – davon abhalten, die Wirklichkeit zu sehen und ganz objektiv über mich zu sagen, was zu sagen ihm richtig und nützlich scheine.

Da sei also in erster Linie meine Eitelkeit, die unglaubliche, absurde Eitelkeit eines kleinen Jungen aus der Grundschule, mit der er einfach nicht fertig werden könne.

Sie sei ihm von Anfang an aufgefallen, das heißt, seit dem Augenblick, in dem er zum erstenmal mein Haus betreten habe.

»Bist du einmal in seinem Hause gewesen?« fragte er.

»Nein«, erwiderte Cattolica. »Ich besuche niemanden. Grundsätzlich nicht.«

Nun, fuhr Luciano fort, man könne nichts anderes sagen, als daß es ein richtiges Stadtpalais sei. So groß wie vier oder fünf moderne Häuser zusammen (Häuser wie dieses, Cattolicas, oder das, in dem sie, hinter der Porta Reno, wohnten), und dazu gehöre ein prachtvoller Garten. Meine Familie bewohne allein den ganzen zweiten Stock mit rund zwanzig Zimmern, und er wolle nicht wissen, was es bloß koste, diese Zimmer den Winter über zu heizen. Mit anderen Worten, wir seien Leute mit viel Geld, und man könne es sehen. Aber ein Herr sei nun einmal ein Herr, und ein Raffke etwas ganz anderes. Und daß unser Reichtum nicht weiter zurückreiche als bis zur Zeit meines Großvaters väterlicherseits, der ein Kaufmann in Textilien en gros gewesen sei, das hätte ich selbst ihm bereits am ersten Tage bestätigt, als ich ihn, ohne ihm eine Pause zum Atemholen zu gönnen, von Zimmer zu Zimmer geschleppt hätte. Ich hätte ihm alles gezeigt, und das *sofort:* den großen Festsaal, die drei Wohnzimmer, die beiden Speisezimmer, die sieben Schlafzimmer, die vier Bäder, die Küche, das ›Office‹ und am Ende sogar die Klosetts für das Personal! Und ich sei dabei so selig, so von Genugtuung erfüllt gewesen, daß es schon widerlich gewesen sei. Wie könne man nur so eitel und aufgeblasen sein, du großer Gott! In der ganzen Wohnung habe mein Großvater, der, wie es schien, an unserer Religion sehr hing, merkwürdige, kleine vernickelte Medaillons von der Größe eines Fünfzig-Centesimi-Stücks mit einem Spruchband in hebräischer Schrift an den Türen anbringen lassen. Er habe mich um eine Erklärung gebeten, und da hätte man einmal beobachten müssen, wie mein Gesicht vor Vergnügen rot wurde, als ich ihm ganz genau Sinn und Bedeutung dieser Dinger erklärte! Was auf diesen Medaillons geschrieben stand? Aber gar nichts! Der Name unseres Gottes, weiter nichts. Nur wäre meine Eitelkeit derart, daß für mich selbst die Religion zur Familienangelegenheit geworden sei. Unser Gott, so hätte ich ihm erzählt, sei der Vater Jesu Christi, er sei Gottvater und er allein (das Christentum wäre meiner Meinung nach nur eine modernere Form des Judentums). Nun gut. Aber da hätte ich nun von meinem »großen, bärtigen Alten« mit derselben Vertraulichkeit und Eitelkeit gesprochen, mit der ich von meinem Großvater selig, dem Textilkaufmann en gros, hätte sprechen können...

Wir hätten nun unsere Schularbeiten zusammen gemacht, jeden Tag. Aber auch hier habe sich so unverhüllt gezeigt, wie sehr ich es liebte, mich hervorzutun und mit Wissen zu prunken (alles würde für mich ein Anlaß zum Wettstreit: ich benähme mich zu Hause wie in der Schule immer so, als spielte ich Fußball), daß ich in jedem, der mit mir zu tun hätte, nur den einen Wunsch hervorrufen würde, mich in Gottes Namen alles allein machen zu lassen, wenn ich es wirklich nicht anders wollte. Es sei richtig: »schulisch gesprochen«, habe er viele Monate gewissermaßen auf meine Kosten gelebt, sei durch mich eine Art von Einsiedlerkrebs geworden. Aber mit einem Unterschied! Der Einsiedlerkrebs sei eine bescheidene Molluske, von der man mit Recht erwarte, »daß sie den Hintern hinhält und ›danke schön‹ sagt«, während ein Schulkamerad, auch wenn seine Eltern nicht so wohlhabend sind, auch wenn er nicht so intelligent und so gut vorbereitet ist, auch wenn er gar nicht unglücklich ist, einen gefunden zu haben, der sich mit allem Eifer daran macht, für ihn zu arbeiten, immer noch ein Schulkamerad bleibe und das heiße, ein Mensch! Aber ich hätte nie einen Menschen in ihm gesehen und erst recht nicht einen Freund — das war die Wahrheit —, vielmehr bloß eine Lobmaschine, die sich mit der gleichen zerstreuten Leichtigkeit bedienen ließ, wie man die Dusche in seinem Badezimmer mit einer Drehung am Griff anstellte.

Meine Geschwister habe er so gut wie nie gesehen, allerdings zählten sie auch noch nicht mit. Mein Bruder gehe in die zweite Klasse des Gymnasiums, und meine Schwester besuche die dritte Grundschulklasse.

Dagegen habe er oft Gelegenheit gehabt, meine Eltern zu sehen, vor allem meine Mutter. Und auch von ihr habe er sich immer unter dem Gesichtspunkt der Nützlichkeit, der Brauchbarkeit (möglichst für mehrere Zwecke) betrachtet gefühlt.

»Von seiner Mutter?« fragte Cattolica und unterbrach damit die Totenstille, die den letzten Worten Lucianos gefolgt war.

Ich hörte seine Schritte, wie er von einem Ende zum andern durch das Zimmer ging, an der angelehnten Tür vorbeikam und wieder am Tisch Platz nahm.

»Was willst du damit sagen?« fragte er. Seine leise, aber erregte Stimme kam nun wieder aus der Nähe. »Komm her, drück dich etwas klarer aus. Ich habe dich nicht verstanden.«

»Aber gern«, antwortete Luciano nach einer kurzen Pause. Auch seine Stimme kam jetzt wieder aus größerer Nähe. »Hast du sie einmal gesehen?«

»Nein.«

»Also das ist schade. Denn – rein als Frau betrachtet – garantiere ich dir, daß es sich lohnt.«

Er begann nun, sie zu beschreiben.

Sie sei eine Dame von etwa dreiunddreißig oder fünfunddreißig Jahren, erklärte er, vielleicht schon ein wenig »aus der Fasson geraten«, zumal der Busen, vielleicht ein wenig zu dick, wie alle Jüdinnen, aber mit einem Mund, mein Lieber . . ., und dazu diese kastanienbraunen Augen und, vor allem, ein gewisser Blick, der »wer weiß was im Bett« vermuten ließ. (Was meinen Vater betraf, bemerkte er, so sei er eine Null. Sein, Pulgas, Vater habe ihn einmal besucht und dabei ebenfalls einen, um es gelinde auszudrücken, katastrophalen Eindruck gewonnen. Er tue sich wichtig, spiele den großen Herrn und rümpfe gern die Nase. Von früh bis spät habe er nichts zu tun, der Glückliche, da er, zwar Arzt, den Beruf aber nicht ausübe. Seine einzige Beschäftigung sei – man stelle sich vor! –, am Nachmittag in den Klub zu gehen. Aber da hätte er ihn mal sehen mögen! Mit einer solchen Frau wäre es ein Wunder, wenn er am Tage noch die Kraft fände, eine Karte in die Hand zu nehmen ...)

Meine Mutter und ich ähnelten uns jedenfalls – obwohl sie dunkle Augen und dunkles Haar hatte – in jeder Beziehung, wie ein Ei dem andern. Und so, wie ich mich, eitel und auf Schmeicheleien versessen, seiner wie eines Turngeräts bediente, um daran meine Kräfte zu messen, so habe auch meine Mutter ihn stets zum Nutzen ihrer Kriegslist eingesetzt, als geeignetstes Mittel, das Goldsöhnchen bis zum Abend im Hause zu halten. Wozu wäre die würdige Dame wohl fähig gewesen, um ihr edles Ziel zu erreichen? Zu allem, wahrhaftig, er könne darauf schwören. Um fünf Uhr sei sie mit so vollbeladenen Tabletts erschienen, daß eine ganze Familie (eine gewöhnliche) bequem zwei Tage davon hätte leben können. Kaffee mit Milch, Tee, Schokolade, Schlagsahne, Kuchen, Obsttörtchen, Petits fours und Pralinés: eine Bewirtung, die nichts vermissen ließe, jeden Nachmittag. Aber das sei noch nicht alles. Denn abgesehen von ihrer Art – »die verwünschte Frau« –, wie sie einem die Tasse füllen oder die Platte mit den Törtchen unter die Nase halten würde (»Nimm doch, mach keine Umstände!« dränge sie schmeichelnd.

»Alles Süße ist nahrhaft, weißt du? Es ist gut für die Muskeln und das Hirn!«), vergesse sie auch nie, wenn sie das Zimmer wieder verließ, noch einmal im Türspalt ihr schönes Lächeln zu zeigen und ihnen einen Blick zuzuwerfen, der »halb mütterlich, halb der eines Vamps war, ja, halb eines Vamps!«. Und die Küsse, die sie oft nur einen knappen Meter von ihm, Luciano, entfernt, dem Söhnchen auf die Wange drücken würde, ganz gerührt, wie es schien, ihn dort in der wohltuenden Wärme der Zentralheizung zu wissen, so fleißig, schön und intelligent?
Eines Abends im vergangenen Winter – draußen habe sich ein Gewitter entladen – sei sie noch weitergegangen. Um ihn zu überreden, zum Essen und vielleicht auch noch zum Schlafen dort zu bleiben, hätte sie plötzlich ihren Blick in den seinen gebohrt, mit einer solchen Intensität (als wollte sie sagen: ›Los, bleib' schon hier, Dummkopf, du sollst es nicht zu bereuen haben!‹), daß – er sage nicht, ihm, denn dazu gehöre wenig – selbst dem Teufel hätte angst und bange werden können. Genug, er lasse das auf sich beruhen. Jedenfalls müsse man darauf gefaßt sein, daß eine solche Frau im Sommer am Meer (wir würden in den Sommerferien nach Cesenatico gehen; es wäre gut, sich das zu merken!), in all den Wochen, in denen sie mit ihren Kindern und dem Personal in der Villa allein blieb, ihrem ältlichen Mann die tollsten Streiche spielen würde. Mit diesem breiten, »gierigen« Mund und diesen schmachtenden, vom Haar halb verdeckten Augen (zugegeben, die Brust war ein bißchen schlaff, aber die »Karosserie« im Badeanzug zu sehen, war gewiß eine Reise

wert), scheine es *unmöglich*, daß sie sich eine Gelegenheit entgehen lasse.

Doch, um wieder auf mich zu kommen: Glaubten sie wohl, daß ich noch nicht einmal wußte, was ›Wichsen‹ war?

Gedacht hätte er es sich zwar immer schon, um die Wahrheit zu sagen. Trotzdem, als ich es ihm nun, in die Enge getrieben, eingestanden hätte, sei er dermaßen überrascht gewesen, daß er seinen Ohren nicht getraut hätte. Mit vollen sechzehn Jahren! Und bei all meiner Einbildung sonst!

Später habe er mich nach langer Mühe dazu gebracht, daß ich ihm die »Pistole« gezeigt hätte, die ihm nun, obgleich für immer »mit entblößtem Haupt« infolge des runden Schnitts der Beschneidung, im ganzen »völlig normal« vorgekommen sei. Aber etwas anderes sei ihm »ziemlich symptomatisch« erschienen, nämlich, wie ich reagiert hätte, als er kurz zuvor sein »Ding« gezeigt habe – um zu erreichen, daß auch ich mir die Hose aufgeknöpft hätte.

Nun, ich sei bei diesem Anblick so blaß geworden und mein ganzes Verhalten in den folgenden Tagen sei derart verändert gewesen (mit einemmal sei ich grob und unfreundlich geworden, ja, ich hätte es vermieden, ihn offen anzusehen, als ob ich mich vor ihm ekelte oder auf ihn wütend wäre oder Angst vor ihm hätte), daß er zwangsläufig dazu gekommen sei, das Schlimmste von mir zu denken. Doch, ja, ich sei bestimmt »schwul«, möglicherweise noch im potentiellen Stadium, eine »Tante«, in Erwartung, eine zu werden, es wirklich zu werden, und dabei zu gleicher Zeit – und hier lag die

Tragik! – noch völlig ahnungslos darüber, was für eine interessante Karriere mir da unausweichlich bevorstünde …

13

Langsam, auf Zehenspitzen, trat ich aus dem Schatten in den Lichtschein, auf die große Glastür zu, die das Wohnzimmer vom Speisezimmer trennte.
Es war schon weit über neun Uhr, und meine Eltern und Geschwister waren, wie ich vorausgesehen hatte, bereits beim Essen. Durch die Glasscheibe sah ich meine Mutter sitzen, den Rücken mir zugewandt. Sie trug ein ärmelloses, leichtes weißes Sommerkleid, das an Brust und Rücken ausgeschnitten war. Ihr gegenüber saßen die andern: mein Vater, rechts von ihm mein Bruder Ernesto und am Ende des Tisches, zu seiner Linken, Fanny. Aber selbst diese Gesichter, die Gesichter meines Vaters und meiner Geschwister (an den Gesichtsausdruck meiner Mutter, der für mich unsichtbar blieb, konnte ich mich nicht erinnern), auf die der helle Schein der über dem rechteckigen Tisch hängenden Lampe fiel, schienen mir nicht mehr die alten, vertrauten Gesichter zu sein, wie ich sie seit jeher kannte und die ich noch nie kritisch betrachtet hatte. Was für Menschen waren das, fragte ich mich, während ich sie beobachtete. War das mein Vater, dieser Mann mit dem graumelierten Haar, dem mageren, hohlwangigen Gesicht, das von frühzeitigem Altern sprach, der, bequem in Hausschuhen und seiner Pyjamajacke, ge-

rade seinen Suppenteller leerte? Waren das meine Geschwister, diese beiden unbedeutenden kleinen Kinder, die ernst und artig bei Tische saßen, aber — man sah es ihnen an — imstande waren, jeden Augenblick in helles Gelächter auszubrechen? War das meine Mutter, die schöne Dame, die mir den Rücken zeigte, das dunkle Haar wie von einem schimmernden Hof umgeben, an deren linker Hand, wenn sie sie aus der dunklen, weichen Kurve ihrer Schultern heraus bis zur Mitte des Tisches ausstreckte, die Ringe funkelten? War es möglich, daß ich, auch ich, ein Kind dieses mediokren, gelangweilten und langweiligen Mannes war, der es, zumal zu Hause, nie fertigbrachte, sich ein wenig straff und würdig zu halten – dieses Mannes und dieser im Grunde so vulgären Frau mit ihren ausgeschnittenen Kleidern und ihren Ringen (›Hoppe, hoppe‹: so also auch sie? Obszön und schamlos nackt im Bett?), war es möglich, daß ich gerade der physischen Vereinigung dieser beiden meine Existenz dankte?

Das Mädchen kam herein und brachte die Schüsseln mit dem Fleisch und den Beilagen. Auf einmal erkannte ich an ihrem zugleich überraschten und erschrockenen Gesicht, daß sie mich entdeckt hatte.

»Oh, der junge Herr!« rief sie laut.

Da war nichts zu machen. Ich drückte die Klinke der Glastür nieder und ging in dem allgemeinen Schweigen bis zum Tisch.

Ich setzte mich an meinen Platz neben meiner Mutter.

»Aber, hör mal, es ist halb zehn!« sagte sie. »Woher kommst du?«

Sie musterte mein Gesicht, meine Hände, meine Kleidung, alles, wie um sich rasch von meiner Unversehrtheit zu überzeugen. Und an diesem Blick – angstvoll und besorgt, aber auch von einem geheimen, schuldhaften Einvernehmen zeugend –, dem Blick einer Mutter, gewiß, aber nicht nur einer Mutter (es war das erste Mal, daß sie mich mit diesem Blick einer Mutter und einer Frau empfing, wie noch so oft in den folgenden Jahren, wenn ich nach Hause kam, nach einer Abwesenheit, die vielleicht sogar Tage zählte): an diesem Blick erkannte ich intuitiv, daß sie teil hatte an der grausamen Wunde, die man mir vor kurzem so jäh und brutal und für immer zugefügt hatte. Wer weiß, vielleicht hatte sie sie auf geheimnisvolle Weise im gleichen Augenblick erlitten wie ich.

»Ich war bei einem Freund«, antwortete ich und hielt die Augen auf den leeren Suppenteller gerichtet.

»Bei Cattolica?«

»Ja.«

»Das ist ja eine dicke Freundschaft geworden, was? Und Pulga? Was sagt der dazu? War er auch dabei?«

»Was ist das für eine Art und Weise!« mischte sich jetzt mein Vater mit ärgerlich erhobener Stimme ein. »Du hättest doch telephonieren können, meine ich. Das ist doch wirklich nicht zuviel verlangt!«

»Ja, Pulga war auch dabei«, sagte ich leise und bedrückt, ohne den Blick zu heben.

Mein Vater hatte schon den Mund geöffnet, um mich weiter auszuschelten, aber meine Mutter bedeutete ihm mit einer raschen, verstohlenen Geste, zu schweigen.

»Willst du noch etwas kalte Minestrone?« fragte sie.

Ich nickte.
Aber ich hatte keinen Hunger. Ich aß langsam, den Löffel immer nur halb gefüllt; ich spürte, wie sich mein Magen gegen die Nahrung wehrte. Ich sah mich wieder im Schlafzimmer der Cattolicas, mit dem Rücken an die Wand gelehnt, und den Blick starr auf das Herz-Jesu-Bild gerichtet. Noch immer hörte ich das leise, gleichmäßige und unermüdliche Dröhnen von Lucianos Stimme hinter der Wand. Nein, ich war nicht zu ihnen hineingegangen. Als Luciano mit einem Lachen erklärte: »Er möchte gern in Latein, Griechisch und in allem andern glänzen! Aber was für eine Karriere kann er schon machen außer der erwähnten?«, da rührte ich mich endlich. Ich löste mich von der Wand, ging langsam durch das Zimmer und auf den Flur hinaus. Ich stieg die Treppe in tiefem Dunkel hinunter (von dort oben dröhnte und summte noch immer die Stimme Lucianos und schien nicht aufhören zu wollen). Ich fand mein Fahrrad in dem Zimmer unten wieder, und als ich dann draußen, auf der dunklen Via Cittadella war – es war eine andere, aber nicht weniger tiefe Dunkelheit als im Hause –, da trat ich auf die Pedale und fuhr, mit gesenktem Kopf, in immer schnellerem Tempo davon: über den Viale Cavour, den Corso Giovecca, nur fort, ohne mich je umzusehen, wie in einem dunklen, geraden, endlosen Tunnel ...
»Hast du keinen Appetit, mein Schatz?« fragte meine Mutter.
Ich schüttelte den Kopf.
Ich stand auf und schob mit dem Fuß den ledergepolsterten Stuhl beiseite.

»Mir ist übel«, sagte ich. »Es ist wohl besser, wenn ich auf das Abendessen verzichte.«
»Was hast du gegessen?« fragte mich mein Vater von neuem. »Eiscreme?«
»Ich habe überhaupt nichts gegessen«, antwortete ich und warf ihm einen bösen, haßerfüllten Blick zu.
»Beruhige dich!« sagte er eingeschüchtert. »Wir haben wohl schlechte Laune heute, wie?«
»Gute Nacht!« sagte ich.
Und ohne ihm und meiner Mutter den gewohnten Gutenachtkuß gegeben zu haben, verließ ich rasch das Zimmer.
Oben, in meinem Zimmer, entkleidete ich mich sofort, streckte mich auf dem Bett aus und löschte das Licht. Ich ergriff mein Glied. Aber es blieb schlaff, wie tot. Ich versuchte es noch einmal. Umsonst.
Schweißgebadet wollte ich gerade von neuem beginnen, als ich auf dem Korridor den Schritt meiner Mutter hörte.
Sie blieb vor der Tür stehen, offenbar im unklaren, was sie tun sollte. Ich hörte, wie sie mich mit leiser, dumpfer Stimme rief. Dann quietschte die Tür ein wenig, und das Zimmer war von ihrer Gegenwart erfüllt. Was will sie von mir? dachte ich wütend. Ich lag mit geschlossenen Augen und stellte mich, als ob ich schliefe. Ich spürte sie neben meinem Bett, groß und schweigend über meinem ausgestreckten Körper. Am liebsten wäre ich aufgestanden, hätte sie beschimpft, geschlagen und fortgejagt. Aber da senkte sich im Dunkel ihre Hand und legte sich leicht, so leicht und kühl wie noch nie, auf meine Stirn. Und diese Berührung

allein genügte, um mir mit einemmal meine Ruhe wiederzugeben, so daß ich bald darauf, wieder allein, noch einmal von meinem alten gesunden Kinderschlaf überwältigt wurde.

Als ich am nächsten Morgen in die Klasse kam, sah ich mit einem Blick, daß schon alle auf ihren Plätzen waren. Luciano beeilte sich, mich mit einem Lächeln und einem freudigen Zuwinken zu begrüßen. Aber die Haltung Boldinis und Grassis, die sich gemeinsam über ein Heft beugten, das sie in der Mitte zwischen sich liegen hatten und das anscheinend ausschließlich ihre Aufmerksamkeit beanspruchte, und erst recht das Verhalten Cattolicas, dessen Blick mich, als ich näherkam, keinen Augenblick losließ: das alles verriet mir, daß auch sie sich über den Ernst, über das Nichtwiedergutzumachende dessen, was gestern abend geschehen war, im klaren waren. Cattolica wartete, bis ich mich setzte, grüßte mich aber auch dann nicht, sondern beschränkte sich auf ein unsicheres, angedeutetes Lächeln. Er war verwirrt und voll fragender Unruhe. Aber warum diese unruhige Erwartung? Was bewirkte, daß er wie auf Kohlen saß? Vielleicht die Hoffnung, daß ich nicht bis zum Ende geblieben wäre und das Schlimmste also nicht gehört hätte? Vielleicht. Aber wenn dies seine ganze Hoffnung war, dann wollte ich ihm noch an diesem Morgen jede Illusion nehmen. Zwischen uns war alles aus. Endgültig. Und das sollte auch er sobald wie möglich erfahren.

»Du hast recht daran getan, daß du nicht gewartet hast«, sagte er denn auch sehr bald, wobei er die Hand vor den Mund hielt. »Ich kann dir versichern, daß es sich nicht im geringsten gelohnt hätte, wenn du geblieben wärst.«

Ich nickte zum Zeichen ironischer Zustimmung und gab keine Antwort.

Er seufzte.

»Er ist verrückt«, fing er nach einer langen Pause wieder an. »Ein armer, unzurechnungsfähiger Narr.«

»Genug davon! Laß mich in Ruhe!« sagte ich kühl und überdeutlich jede Silbe betonend, ohne ihm das Gesicht zuzuwenden.

Am Katheder saß Professor Guzzo! Noch im gleichen Augenblick, in dem ich diese Worte aussprach, ohne mir die Mühe zu machen, meinen Mund hinter der Hand zu verbergen, bemerkte ich, daß mich Guzzo beobachtete.

»Fängt das schon wieder an?« fragte er drohend.

Rasch, wie einer Eingebung folgend, sprang ich auf und blickte ihm entschlossen ins Gesicht.

»Entschuldigen Sie, Herr Professor«, sagte ich, »aber ich möchte Sie bitten, mich auf einen anderen Platz zu setzen.«

»Und warum denn, wenn ich fragen darf?« wollte Guzzo wissen. »Ist Ihnen klar, mein Bester, daß es bis zum Schulschluß nur noch zehn Tage sind?«

»Ich weiß, ich weiß. Aber gerade deshalb möchte ich den Platz wechseln. Mit ihm hier«, fuhr ich fort und zeigte auf Cattolica, der bewegungslos an meiner Seite saß, »passiert es immer wieder, daß wir uns gegenseitig ablenken.«

Ein anhaltendes Gezischel, das Erstaunen und Mißbilligung ausdrückte, antwortete auf meine Erklärung.

»Darf ich Sie um absolute Stille bitten?« schrie Guzzo. Er traute seinen Augen und Ohren nicht. Aber da stand ich, aufrecht und unbeugsam, entschlossen, zu erreichen, worum ich gebeten hatte.
Er sah sich um, auf der Suche nach einer Bank.
»Und auf welche Bank wollen Sie übersiedeln?« fragte er dann, mit einer Spur von Hochachtung in der Stimme. »Ich glaube, es ist keine frei.«
»Ich möchte nach dort hinten zurück«, sagte ich und wies, ohne mich umzuwenden, auf die Bank Lucianos. »Auf die Bank, auf der Pulga sitzt. Aber allein.«
»Und Herr Pulga?«
»Pulga kann sehr gut hierherkommen.«
»Aha, Sie schlagen einen Ringtausch vor!« bemerkte Guzzo amüsiert. *»Do ut des!* Nun gut, es sei! Genehmigt. *Fiat!* Haben Sie verstanden, Pulga Luciano? Los, flink, räumen Sie den Platz! Packen Sie Ihre Siebensachen und kommen Sie nach vorn, hierher, auf die vierte Bank, an die Seite des großen Cattolica. Ich denke doch, daß es Ihnen eine Ehre sein wird?«
Und während mir Luciano, mit seinen Büchern bepackt, im Gang zwischen der zweiten und dritten Bankreihe begegnete (als er mich streifte, warf er mir einen verwunderten und erschrockenen Blick zu), erstickte ein kurzes »Pst!« zischend und gebieterisch ein neu aufkommendes Murren im Keime.
Um in die vollkommene Einsamkeit des vergangenen Herbstes zurückkehren zu können, blieb mir nur noch ein letzter Schritt zu vollziehen: der Bruch mit Luciano.
Aber als ich ihn mittags nach dem Unterricht ganz al-

lein auf dem linken Bürgersteig der Via Borgoleoni vor mir gehen sah, die eine Seite unter der Last des gegen die magere Hüfte gestemmten Bücherpackens hinuntergezogen, war ich einen Augenblick unschlüssig. Gewiß, immer wenn er im Laufe dieses Vormittags versucht hatte, sich mir zu nähern, war ich ihm mit einer Kälte und Schroffheit begegnet, die schon an und für sich beredt genug waren. Und doch: wie kam es, daß ich jetzt trotzdem überrascht war? Wie er sich so rasch zu entfernen suchte, flink und genau einen Fuß vor den andern setzend, meinte ich, schon daraus ablesen zu können, daß er alles erraten hatte und vor mir floh. Das Herz schlug mir so heftig, daß es weh tat. Aber wenn es so war, dachte ich — und ich verachtete mich —, dann um so besser!

»He!« rief ich ihm nach. »Bleib stehen!«

Augenblicklich blieb er stehen und wandte den Kopf nach mir. Er war ganz ruhig. Die Mundwinkel waren von einem freundlichen, nur ein wenig traurigen Lächeln nach oben gezogen.

»Ach, du bist es«, sagte er.

Wir gingen nebeneinander weiter. Er sagte nichts, er machte mir keine Vorwürfe, und das verwirrte mich von neuem. An der Ecke des Corso Giovecca überquerte ich entschlossen die Straße und ließ ihn dabei ein paar Meter hinter mir.

»Was machst du denn?« fragte er überrascht, als er mich auf dem gegenüberliegenden Bürgersteig eingeholt hatte. »Gehst du nicht nach Hause?«

»Doch, aber ich habe es satt, immer denselben Weg zu gehen. Heute begleite ich dich ein Stück.«

Es war ein Freitag, ein Markttag. Auf dem Corso Roma und dem Domplatz drängten sich wie immer an solchen Tagen die Leute vom Land. Mit Mühe bahnten wir uns einen Weg, verloren uns ab und zu im Gedränge und wechselten während der ganzen Zeit kein Wort. Nein, er hatte es nicht verstanden, dachte ich, und ich brauchte es ihm nur zu erlauben, und schon würde er noch am selben Nachmittag in meinem Hause erscheinen.

An der Kreuzung der Via Porta Reno blieb ich, genau unter der Normaluhr, stehen.

»Auf Wiedersehen«, sagte ich.

»Auf Wiedersehen«, antwortete er leise.

Er schluckte, der Adamsapfel glitt auf und ab. Dabei sah er mir in die Augen, bleich wie ein Toter, Schweißperlen auf dem Flaum der Oberlippe.

Dann wagte er es und fragte: »Sehen wir uns heute?«

»Ich glaube nicht.«

»Hast du etwas vor?«

Ich verzog das Gesicht zu einem höhnischen Grinsen. »Die Schulaufgabe, weiter nichts.«

»Was ... was hast du?«

»Ich? Nichts. Und du?«

Er riß die himmelblauen Augen auf.

»Ich!?«

Aber ich hatte ihm schon den Rücken gekehrt.

14

Es war der Tag, an dem im Guarini-Gymnasium im Flur des Erdgeschosses die Prüfungsergebnisse angeschlagen waren. Aber ich hatte mich noch nicht entschlossen, hinzugehen und sie mir anzusehen, als mich Otello Forti anrief.

Er war, wie er berichtete, am Abend zuvor angekommen. Am Nachmittag um halb sechs war er mit der letzten mündlichen Prüfung fertig geworden. Es war gerade noch Zeit, wieder ins Internat zu gehen, dort in aller Eile die Koffer zu packen und dann auf den Zug zu springen, der um sieben von Padua abfuhr.

Ich fragte ihn, wie er abgeschnitten habe.

»Wie ich abgeschnitten habe? Aber gut, möchte ich meinen. Und du? Wie ist es bei dir gegangen?«

Ich antwortete, daß ich es noch nicht wisse, aber im Begriffe sei, zur Schule zu gehen und mir die Listen anzusehen.

»Warum kommst du nicht bei mir vorbei und holst mich ab?« schlug er vor. »Wenn du magst, gehen wir zusammen hin.«

Er war liebenswürdig und sogar gesprächig, mit einem leicht venezianischen Akzent. Aber auch er bedeutete mir nichts mehr, und im übrigen war ich sowieso entschlossen, zu niemandem mehr freundlich zu sein.

»Komm du doch bei mir vorbei«, sagte ich kühl.

Er versuchte, mich mit der Bemerkung umzustimmen, daß sein Haus gerade auf halbem Wege zwischen meinem Hause und der Schule liege, es somit »logischer« sei, wenn ich bei ihm vorbeikäme. Und nun war er schon wieder etwas weniger liebenswürdig als am Anfang, schon im Begriff, wieder der alte tyrannische Brummbär zu werden, der, wenn er sich etwas in den Kopf gesetzt hatte, imstande war, sich in die hartnäkkigsten Diskussionen einzulassen.

»Also hör zu«, brach ich kurz ab, »treffen wir uns in einer halben Stunde vor dem ›Guarini‹. Paßt dir das?«

»Gut. Einverstanden«, brummte er überrascht.

Natürlich war ich versetzt worden: mit acht in allen Sprachen und literarischen Fächern, und nur zweimal sechs: in Naturkunde und in Physik und Mathematik. Aber welchen Platz hatte ich der Rangordnung nach? War ich Erster, Zweiter oder Dritter geworden?

Otello brauchte nur einen Blick auf die Listen zu werfen (es war halb zwölf, und auf dem dämmrigen Flur waren wir beide allein), um den Schluß zu ziehen, daß wir »im Kampf um den ersten Platz« zu dritt waren: ich, Cattolica und Grassi. Kein Zweifel, stellte er fest, meiner Acht in Italienisch hatte Cattolica nur eine Sieben und Grassi sogar nur eine Sechs entgegenzustellen. Andererseits hatte Cattolica in Mathematik und Physik eine Acht, und Grassi in Naturkunde eine Neun.

»Du wirst Zweiter sein«, schloß er, »nur um einen Punkt schlechter als Cattolica. Grassi dagegen dürfte Dritter geworden sein, ebenfalls um einen Punkt schlechter als du.«

Ungewöhnlich eilfertig und entgegenkommend zog er einen Bleistiftstummel aus der Tasche und begann, neben dem Aushang an die Wand zu schreiben. Auch Luciano war versetzt worden, stellte ich inzwischen fest. Mit sechs in allen Fächern, aber versetzt.

»Siehst du? Ich hatte recht«, verkündete Otello schließlich, mit einem leicht triumphierenden Klang in seiner Stimme: »Der Erste ist Cattolica, du bist Zweiter geworden.«

Wir gingen ins Freie. Ich war mit dem Fahrrad gekommen, er war zu Fuß.

»Rufst du nicht zu Hause an?« fragte er.

»Aber nein, was kommt dir in den Sinn!« antwortete ich mit einem Achselzucken. »Ich fahre sofort nach Hause.«

Eine Hand am Sattel, die andere auf die Lenkstange gestützt, musterte ich ihn von oben bis unten. Wenn er mir bei unserem letzten Zusammensein, also Weihnachten, plötzlich viel größer und erwachsener vorgekommen war, so erschien er mir jetzt im Gegenteil kleiner als ich: ein Kind.

»Soll ich dich mit dem Rad nach Hause bringen?« schlug ich ihm vor. »Los, komm auf die Stange!«

Und wirklich gehorchte er sofort, wie ein kleines Kind. Trotz der Last, der Behinderung und der steinigen Straße (um eine Geldstrafe zu vermeiden, die die am Corso Giovecca häufiger anzutreffenden Schutzleute verhängten, hatte ich vorgezogen, über die steinige Via Mascheraio zu fahren) fuhr ich sehr rasch. Ich blickte auf den Nacken Otellos, der meinen Augen so nahe war, daß ich unter den kurzgeschnittenen blonden Haaren die rosige, fette, zarte Haut erkannte. Ich atmete den Geruch von guter Seife, den er verströmte, und ich verglich ihn in der Erinnerung mit dem schmächtigen, von Brillantine glänzenden Nacken Lucianos, mit seinen großen, blassen, ein wenig greisen-

haften Ohren, die, von hinten gesehen, durchscheinend waren wie Membranen. Luciano hatte ich nicht öfter als zwei oder dreimal auf dem Rad mitgenommen, Otello Hunderte von Male. Und doch wußte ich, daß es keine Hilfe mehr gab: auf dem Grund des guten, anständigen Geruchs Otellos – ein Geruch, der sich für mich mit der Kindheit überhaupt verband – würde ich nun immer auch den andern wiederfinden, den widerwärtigen, beklemmenden Brillantinegeruch.
Als ob auch er erraten hätte, daß wir uns in Zukunft nur noch selten sehen sollten und daß im Grunde das Ende unserer Freundschaft gekommen war, sprach Otello ununterbrochen. Er wollte über so vieles unterrichtet sein, das sich in all diesen Monaten seiner Abwesenheit zugetragen hatte: mit wem zusammen ich in der Schule auf der Bank gesessen, mit wem ich zu Hause gearbeitet hätte und wer mein Freund geworden sei. Und ich antwortete ihm knapp, erwähnte Cattolica, nannte auch Luciano, aber ohne ihm von irgend etwas anderem zu erzählen. Da war sein Rücken vor mir, stämmig und kindlich. Mich aussprechen, mich ihm anvertrauen? Ihm? Mir war, als stünde ich vor einem steilen, unwegsamen, gewaltigen Gebirge. Allein die Vorstellung, ein solches Gebirge von Stumpfsinn ersteigen zu müssen, erfüllte mich mit einem Gefühl von Übelkeit und Ohnmacht.
»Luciano Pulga?« fragte Otello. »Wer ist das denn? Einer von auswärts?«
»Ja.«
»Wo kommt er her?«
»Aus einem kleinen Gebirgsort bei Bologna. Sein Va-

ter ist Gemeindearzt in Coronella, aber sie wohnen hier, vor der Porta Reno.«

»Wie ist er? Kann er was?«

»Er schlägt sich so durch.«

»Ist er versetzt worden?«

»Ja, mit lauter Sechsen.«

Als ich von Cattolica sprach, war ich etwas weniger lakonisch.

Ich erzählte ihm, wie es kam, daß wir nebeneinandersaßen: nicht weil wir uns von selbst zueinandergesetzt hätten; vielmehr sei die Initiative dazu von Guzzo ausgegangen, unserem Griechisch- und Lateinprofessor. Ich fügte hinzu, daß wir niemals wirkliche Freunde geworden seien.

»Sicher, tüchtig muß er sein«, warf Otello hier ein. »Hast du diese Reihe von Achten gesehen?«

Wir waren angekommen. Ich bremste scharf und stemmte einen Fuß gegen den Boden. Otello stieg ab. Er suchte meinen Blick.

»Komm einen Augenblick herein«, sagte er.

»Nein, sei nicht böse, ich muß gehen.«

Ich trat energisch auf die Pedale, dann drehte ich mich um.

»Ich rufe dich an«, rief ich, schon weit fort von ihm. »Nächste Woche fahren wir ans Meer.«

Zu Hause wartete meine Mutter auf mich. Sie saß im Garten, im Schatten der Magnolie. Sowie ich durch die Haustür trat (die plötzliche Kühle, die mir nach der glühenden Hitze draußen nun aus dem Hausflur entgegenwehte, war schuld, daß ich nieste), mußte ich sie im Hintergrund des Gartens sehen. Sie hob den

Kopf. Wollte ich über eine kleine Nebentreppe mein Zimmer erreichen, überlegte ich, dann mußte ich durch den Garten gehen, und das hieße unvermeidlich, stehenbleiben und mit meiner Mutter sprechen, die mir schon seit Tagen unaufhörlich mit dem Blick folgte. Es hatte gerade Mittag geläutet, es blieb also noch viel Zeit. Aber worüber hätten wir miteinander sprechen sollen ? Wenn es zwei Menschen auf der Welt gab, die sich einfach gar nichts zu sagen hatten, dann waren wir es.

Ich mußte wieder niesen, und um Zeit zu gewinnen, zog ich das Taschentuch aus der Tasche und schneuzte mich. Ich stand in der Mitte des Hausflurs, das Fahrrad gegen die Hüfte gelehnt, und blickte unter halbgeschlossenen Lidern zu meiner Mutter hinüber. Sie trug ein weißes Kleid. Im sonnendurchfunkelten Schatten, der um den Stamm der Magnolie lag, war sie nun nur noch ein heller ferner Fleck.

Ich sah, wie sie den Arm hob und winkte.

Mit modulierender Stimme – der schönen Stimme einer Sängerin – rief sie mir ihr »Uhu!« zu.

Ich sprang zur Seite, stellte das Rad an den gewohnten Platz unter der Treppe und erschien dann wieder. Aber statt in den Garten hinauszugehen, blieb ich am Ende des Hausflurs stehen.

»Ich gehe für einen Augenblick hinauf, um zu telephonieren«, sagte ich.

»Bist du versetzt worden?«

»Ja.«

»Mit was für Zensuren?«

»Ich muß jetzt telephonieren«, antwortete ich und verschwand. Oben mußte ich erst durch die ganze Wohnung gehen, bevor ich in mein Zimmer gelangte. Aber kaum hatte ich es betreten, als schon wieder die Stimme meiner Mutter vom Garten heraufschallte. Jetzt sprach sie mit der Köchin, die sich drüben am Küchenfenster zeigte. Wenn ich mit Telephonieren fertig sei, trug sie ihr auf, dann möge ich bitte für einen Augenblick zu ihr herunterkommen. Und da ihr die Köchin antwortete, daß ich keineswegs telephonierte, mich vielmehr ihrer Meinung nach in meinem Zimmer befände, begann meine Mutter von neuem, mich mit erhobener Stimme – der Stimme eines dramatischen Soprans – zu rufen. Zwei bis dreimal rief sie meinen Namen. Melodiös ließ sie die Stimme auf den Vokalen ruhen. Und zwischen diesen Rufen hörte ich sie vor sich hin brummen.

Ich schob die Jalousie so weit zurück, daß ich den Kopf durchstecken konnte.

»Ich bin hier«, sagte ich.

»Würdest du vielleicht geruhen, für einen Augenblick herunterzukommen, du wunderlicher Kauz?« fragte meine Mutter. »Los, mach schnell, sei folgsam!«

Aber sie war nicht zornig, ganz und gar nicht, und auch nicht ungeduldig. Sie saß in einem Korbsessel am Rande des Schattens unter der Magnolie, umgeben von all ihren »heiligen Tieren«, wie sie sie nannte (Lulu, die Foxterrierhündin, und die beiden rauchfarbenen Perserkatzen schliefen neben ihr, während die Schildkröte Filomena, mit höckerigem schwarz-gelben Rückenpanzer, ein wenig weiter entfernt auf dem blendend weißen Kies umherkroch), und blickte lächelnd zu mir herauf. Sie stickte am Saum eines Lakens oder eines Tischtuches. Die Nadel blitzte in ihrem Schoß, und der Garten, über dem senkrecht die Sonne stand, funkelte rundherum wie ein kleiner Dschungel.

»Ich habe in allen Fächern eine Acht«, sagte ich, »außer bei der Krauss und der Fabiani. Sechs in Naturkunde und sechs in Mathematik und Physik.«

»Bravo, mein Schatz! Wie wird sich Papa freuen! Komm sofort herunter und gib mir einen Kuß!«

Sie blickte noch immer zu mir herauf, den Kopf graziös zur Seite geneigt und um die Lippen ihr zärtlichstes und reizendstes Lächeln. Da ich aber stehenblieb, ohne mich zu rühren oder sonst zu erkennen zu geben, daß ich mich von meinem Fensterplatz entfernen wollte, klagte sie:

»Ja, findest du es nett, deine Mama so lange auf einen Kuß warten zu lassen?«

Kurz zuvor war ich auf meinem Weg durch die Wohnung in einem der Zimmer vor einer alten Photografie im Silberrahmen stehengeblieben, die auf einem Tisch neben anderen Familienphotografien zu sehen war. Sie stammte aus dem Jahre 1918 und zeigte mich und meine Mutter im letzten Kriegssommer. Meine Mutter, weiß gekleidet und mager wie ein junges Mädchen, kniete neben mir vor dem lichten Hintergrund eines Gartens (es war nicht dieser Garten, sondern der, der zu dem Landhaus meiner Großeltern in Masi Torello gehörte, wo wir beide gewohnt hatten, nachdem mein Vater an die Front gegangen war). Und während sie mich leidenschaftlich an die Brust drückte, zeigte sie der Kamera ein fröhliches, vollkommen glückliches Lächeln, das im Gegensatz stand zu dem mürrischen und verärgerten Ausdruck in meinem kleinen, pausbackigen Gesicht, das langes, glattes, fransenförmig geschnittenes Haar umrahmte. Das Bild war, wie mir seit langem bekannt war, von meinem Vater während eines kurzen Urlaubs von der Front aufgenommen worden (es war sein Meisterwerk, wie er zu sagen pflegte, und meine Mutter stimmte ihm jedesmal bei). Aber was ich erst vor wenigen Minuten bei der Betrachtung des Bildes begriffen hatte, war die wahre Bedeutung dieses Lächelns meiner Mutter, einer jungen Frau, kaum drei Jahre verheiratet: das, was dieses Lächeln versprach, was es in Aussicht stellte – und *wem*...

Ich sah hinunter, sah meine jetzt nicht mehr so junge, so mädchenhafte Mutter an, und ich spürte, wie Abscheu und Groll wieder mein Herz erfüllten. Rasch, wie plötzlich eingeblendete Szenen in einem Film, gingen mir epische und melancholische Bilder durch den Sinn: von einsamen Strandlandschaften, über denen ein Unwetter tobte, von unerreichbar hohen Gipfeln im Gebirge, von Urwäldern und Wüsten... Ach, auf und davon gehen, fliehen! Niemanden mehr sehen müssen und, vor allem, von niemandem mehr gesehen werden!

»Also«, begann meine Mutter von neuem, »soll ich nun weiter unter deinem Balkon schmachten, oder sieht es der Herr lieber, wenn ich zu ihm heraufkomme und ihm in seinem Zimmer den Hof mache?«

Aber nein, ich würde zu ihr hinuntergehen. Wir wür-

den uns unterhalten. Sie könnte mich ausfragen bis zu dem Augenblick, in dem mein Vater heimkam, uns vom Hausflur aus entdeckte und in die Hände klatschte, um uns mitzuteilen, daß er da sei und sich ohne Verzug zu Tisch setzen wolle. Was kostete es, eine halbe Stunde zu lügen? Ich würde es vorzüglich schaffen. Jeder Versuch von ihr, den Dingen auf den Grund zu kommen, mußte scheitern.
Und wenn sie einen Kuß von mir brauchte, um glauben zu können, daß ich noch immer ein Kind sei, *ihr* Kind, dann sollte sie den ersehnten Kuß haben.
»Nein, warte«, rief ich ihr zu. »Ich komme gleich hinunter.«
Und damit trat ich vom Fenster zurück.

15

Das Geschwür hatte insgeheim zu eitern begonnen, langsam, dumpf, schmerzend und unheilbar.
Ich erwartete keine Klärung in der unmittelbaren Zukunft; weder war ich auf einen Epilog gefaßt, noch wünschte ich ihn mir überhaupt – auch nicht, soweit es sich um Luciano handelte. Aber es kam anders. Es war nur anderthalb Monate später, in Cesenatico, als es zumindest mit Luciano (ich hatte geglaubt, ihn nicht vor dem Wiederbeginn des Unterrichts, also im Oktober, wiederzusehen) ein Nachspiel gab. Und wie unvorhergesehen und unvorsehbar für mich, für den Menschen, der ich damals war!
Ich litt damals an Flechte, wie sie bei jungen Leuten

vorkommt; und Luciano erschien eines Sonntagmorgens unvermutet am Strand, den ich nach einer schlaflos verbrachten Nacht, in der ich nur immer wieder die wenigen Quadratmeter meines Zimmers auf und ab gegangen war, schon sehr früh allein aufgesucht hatte.
Es mochte halb neun sein. Der weite Strand war noch ziemlich verlassen. Auf dem Liegestuhl neben dem noch geschlossenen großen Sonnenschirm ruhend, hatte ich endlich Schlaf gefunden. Es war ein leichter Schlaf, denn er erlaubte mir, all die kleinen Geräusche des beginnenden Badebetriebs zu registrieren: das Kommen und Gehen der Badewärter, die damit beschäftigt waren, Zelte und Sonnenschirme aufzustellen, die rhythmischen Rufe einer Gruppe von Fischern, die gemeinsam ein Netz an den Strand zogen – aber nichtsdestoweniger ein erquickender Schlaf. Und in diesem Halbschlaf dachte ich gerade daran, daß ich gegen zehn Uhr die jungen Sassòli aus Bologna in ihrem Zelt besuchen und dann mit ihnen zum Schwimmen gehen wollte (es waren fünf Brüder, rauh und sportlich, große Fußballspieler und große Schwimmer – Sergio, der älteste von ihnen, trainierte sogar für die Ausscheidungskämpfe im Wettschwimmen der Scarioni, die gleich nach den Feiertagen Mitte August, nach ›Ferragosto‹ also, im Hafenkanal von Rimini ausgetragen werden sollten), als ich ihn plötzlich vor mir sah.
Er stand vor mir und beobachtete mein Erwachen – klein und skeletthaft mager, die Haut ganz weiß und vollkommen unbehaart. Er wirkte noch schmächtiger durch den gewaltigen Wulst seines Geschlechts, das von seiner grauen Badehose nur knapp bedeckt war.

Er lächelte. Es war ein schüchternes, unsicheres Lächeln voll angstvoller Erwartung.
»Wann bist du gekommen?« fragte ich, ohne mich zu erheben.
In seinen Augen leuchteten Freude und Dankbarkeit auf. Ich jagte ihn also nicht fort, sagte sein Blick. Ich war ihm also nicht mehr böse!
»Erst vor einer halben Stunde«, antwortete er, und sein Kinn zuckte seitwärts, wie üblich.
»Wo kommst du plötzlich her? Aus Ferrara?«
»Ja.«
»Wann bist du denn da abgefahren?«
Er lachte. »Vor Tau und Tag! Mit einem Bummelzug, der um dreiviertel vier ging. Tuff-tuff, tuff-tuff. Für hundert Kilometer hat er ungefähr vier Stunden gebraucht. Ein ganz netter Rekord, nicht wahr?«
Der Zug, fuhr er in seinem Bericht fort – froh und zufrieden, daß sich ihm ein so neutrales Gesprächsthema bot –, hatte buchstäblich an jeder Station gehalten. Das erste Mal bereits nach zehn Minuten, in Gaibanella. Nach Gaibanella hatte er in Montesanto haltgemacht und dann nach und nach in Portomaggiore, Argenta, San Biagio, Lavezzola, Voltana, Alfonsine (»der Heimat Vincenzo Montis«) und Glorie (Glorie! Hatte ich je von einer Metropole solchen Namens gehört?), um schließlich in Ravenna zu landen, wo er zwei Drittel der Strecke zurückgelegt hatte und sich erst einmal fünfunddreißig Minuten ausruhte. Nach Ravenna ...
Ich unterbrach ihn mit einer Handbewegung.
»Wie hast du unsere Villa gefunden?« fragte ich.

»Ich habe mich an die Adresse erinnert«, antwortete er. »Ein Glück«, er zwinkerte mir zu, »daß mein Gedächtnis einmal nicht versagt hat.«
Mit diesem um Wohlwollen werbenden Blinzeln wollte er weniger auf unsere einstige Vertrautheit anspielen, als mich bitten, ruhig zu bleiben und nicht zornig zu werden; er habe nicht die geringste Absicht, mir Vorwürfe zu machen. Dennoch gab es keinen Zweifel, daß er sie mir machte, in aller Herzlichkeit – aber doch Vorwürfe.
»Du wirst hungrig sein«, sagte ich. »Soll ich dir etwas zu essen bringen?«
Er antwortete rasch, es sei nicht nötig. Meine Mutter, so erzählte er, froh, wieder abschweifen zu können, habe schon daran gedacht, ihn zu stärken. Kaum habe sie ihn gesehen, als sie ihm auch schon eine »so große« Tasse Milchkaffee vorgesetzt habe. Er hatte im Speisezimmer zusammen mit meinen Geschwistern gefrühstückt, die gerade aufgestanden waren. Aber da mein Bruder und meine kleine Schwester, wie er hörte, nicht vor neun Uhr an den Strand kämen und da es ihn drängte, mich zu sehen, habe er sich rasch ausgezogen und sei sofort hergekommen.
Ich fragte ihn, wo er sich umgezogen habe.
»In deinem Zimmer«, antwortete er, ein wenig besorgt. »Warum? Deine Mama hat mir gesagt, ich dürfe es benützen ...«
Er hatte sich inzwischen neben meinen Liegestuhl in den Sand gesetzt, so daß wir bei unserer Unterhaltung meist zum Meer hin blickten. Doch das Wasser blieb so gut wie unsichtbar. Es war ein Morgen, wie sie an

der Adria ziemlich häufig sind, wo sich Meer und Himmel miteinander vermischen und eine einzige helle Masse bilden, perlmutter- und milchfarben, und wo die Fischerboote draußen, auf offener See, in der Luft zu hängen scheinen.

»Hier kann man sich wohl fühlen«, sagte schließlich, nach einer langen Pause, Luciano.

Er drehte sich kurz nach mir um; vielleicht wollte er feststellen, wie meine Stimmung war. Darauf erklärte er mir — und er sah sehr ernst dabei aus —, daß er mit einem ganz bestimmten Vorhaben nach Cesenatico gekommen sei: er wolle mit mir sprechen. Er habe nicht ganz verstanden, warum ich ihn in der letzten Zeit oft schlecht behandelt hatte — und das, nachdem ich ihm erst viele Monate lang so freundlich und herzlich entgegengekommen war. Und da es seinem Vater nun gelungen sei — hier zitterte seine Stimme — ja, endlich sei es seinem Vater gelungen, in Bologna eine Privatpraxis zu übernehmen, so daß sie noch im Laufe dieses Monats Ferrara und zwar endgültig verlassen würden: darum also sei es ihm ein Gebot der Pflicht gewesen, zu mir zu kommen und mir ein letztes Mal, bevor sie in eine andere Stadt übersiedelten, zu danken und sich zugleich um eine Klärung all der Mißverständnisse zu bemühen, die uns vielleicht getrennt hätten. Nun also: womit hatte er mein Mißfallen erregt, was hatte er getan? Wirklich, er hatte ... hm ... ein ganz reines Gewissen. Doch wie dem auch sei, falls ich irgendwelchen böswilligen Klatschereien über ihn Glauben geschenkt habe, dann sei er bereit, mir auf der Stelle alle notwendigen Erklärungen zu geben.

Auch ich hatte ihn mit einem verstohlenen Blick gestreift. Er saß mit gekreuzten Beinen im Sand, wie ein Inder, sein Adamsapfel hüpfte, und mehr denn je sprach er, ohne mich dabei anzusehen. Ich hörte ihm zu. Ich lauschte dem Summen seiner Stimme in der ruhigen Weite dieses Morgens, und am Ende konnte ich sogar seinen Worten folgen. Was hatte er gesagt? Daß er von Ferrara fortging und daß wir uns nie wiedersehen würden. Schön.

»Kann ich also«, begann er wieder, »erfahren, was ich dir getan habe?«

»Ich glaube, es dir schon einmal gesagt zu haben«, antwortete ich so ruhig, wie ich konnte. »Ich habe dir nichts vorzuwerfen.«

Bedrückt schüttelte er den Kopf.

»Mag sein«, seufzte er. »Aber ich habe das Gefühl, daß du mir etwas verheimlichst und nicht die *ganze* Wahrheit sagst.« Eine Weile schwieg er, in Nachdenken versunken. Schließlich fragte er mich, nicht ohne mich zuvor noch einmal von der Seite gemustert zu haben, wie ich hier am Meer meine Tage verbringe, und ob es sich in all diesen Wochen nicht irgendeine schöne Dame habe angelegen sein lassen, mich (er hüstelte und zögerte ein wenig) in die Liebe einzuweihen. An schönen Frauen dürfte es in Cesenatico gewiß nicht fehlen, erklärte er voller Eifer. Allein auf dem Weg vom Bahnhof bis zu unserer Villa habe er eine ganze Reihe von »bemerkenswerten« Schönheiten bewundern können, die trotz der morgendlichen Stunde schon unterwegs waren. Ich ... (von neuem zögerte er), mit meiner Erscheinung, brauchte mich doch nur einmal ein bißchen umzusehen, ohne auf eine andere Schwierigkeit als die der Wahl zu stoßen. In der Sommerfrische und zumal an der See denke die Frau an nichts als ihr Vergnügen. Für den, der . . . Freude an den Frauen habe, handle es sich also nur darum, die günstigste Gelegenheit zu nutzen.

Ich hatte erwartet, daß er früher oder später auf seine Lieblingsthemen zu sprechen kommen würde (vom ersten Augenblick an, als ich ihn durch den Spalt der Lider vor mir auftauchen sah, hatte ich daran gedacht). Aber was ich nicht vorausgesehen hatte, war der Ton, in dem er davon sprach: behutsam, ohne alle Obszönität, seltsam erregt.

Ich antwortete ihm jedenfalls in aller Ruhe, daß ich bisher noch keine verheiratete Frau von der geschilderten Art kennengelernt hätte, in diesem Jahre vielmehr in einer rein männlichen Gesellschaft verkehre, in deren Mittelpunkt ein paar Brüder Sassòli aus Bologna standen (»Ich habe den Namen schon gehört«, unterbrach mich Luciano kopfnickend, »zu meiner Zeit gingen zwei von ihnen ins Galvani-Gymnasium«). Wenn ich aber, fuhr ich fort, eine solche Bekanntschaft machen sollte, dann würde mit Sicherheit mein von Furunkeln verunstaltetes Gesicht dafür sorgen, daß man mich nicht weiter in Betracht zog.

Er warf einen raschen Blick auf mein Gesicht und schüttelte den Kopf.

»Was für eine Idee!« rief er fröhlich. »Du siehst trotzdem prächtig aus.«

Langsam ließ er seinen Blick über meinen Körper wandern, bis zum Unterleib.

»Was glaubst du wohl?« fügte er hinzu und zeigte für einen Augenblick wieder sein freches Grinsen von einst. »Daß es auf die Furunkeln ankommt?«
Jedenfalls, fuhr er, neuerlich zögernd, fort, falls ich in Cesenatico nichts Besseres fände, so könne ich immer, falls ich es wünschte, auf seine Hilfe zurückgreifen. Er erklärte sich sogleich. Als er vor ein paar Tagen morgens durch die Via Colomba gekommen sei, habe am Fenster im ersten Stock der Pension ›Mafarka‹ eine »prachtvolle Brünette« gestanden, ihn mit einem strahlenden Lächeln gegrüßt und dabei eine bezeichnende Bewegung gemacht. Worte im eigentlichen Sinne seien zwischen ihnen nicht gewechselt worden, doch sei er überzeugt, er brauche nur ein andermal in langen Hosen zu erscheinen (seine Mutter überlege sich den Kauf noch, aber in einer Woche habe er sie gewiß dazu überredet), besser noch in Gesellschaft eines . . . eines Freundes, und die Brünette würde sie sogar umsonst »genießen« lassen. Wenn ich nun also mitmachen wolle, dann könne ich – und er sah mir fest in die Augen – dieser Freund sein.
»Kannst du nicht mit irgendeiner Ausrede auf einen Sprung nach Ferrara kommen?« fragte er mich mit leidenschaftlichem Drängen. »Du wirst sehen, die läßt uns nicht nur ins Haus – die nimmt uns auch zusammen auf ihr Zimmer mit.«
Mit leidenschaftlichem Drängen: es gab kein anderes Wort dafür.
Ich wandte den Blick von ihm ab und sah nach oben. Wie jeden Morgen um diese Zeit flog ein Wasserflugzeug über dem Meer die Küste entlang. Der silberne

Rumpf der Savoia-Marchetti blitzte, weit fort, in der Sonne. Wieviel Kilometer mochte die Maschine von der Küste entfernt sein? Von hier aus gesehen, mußten die vier zweimastigen Fischerbarken, die unbeweglich hinter der Horizontlinie standen, sie gerade über ihren Köpfen haben. Ich rekelte mich faul und gähnte.
»Nein«, antwortete ich kühl. »Erstens habe ich auch keine langen Hosen. Und zweitens . . . zu dritt habe ich keine Lust. Das täte ich nie.«
»Zu dritt gefällt es dir nicht?« stammelte er und sah mich totenblaß an. »Aber ich . . .«
»Aber ich . . .«, sagte er, gerade so, wie gehaucht, und weiter nichts. Er blickte jetzt über seine spitzen Knie hinweg in den Sand.
Auch ich blieb still. Plötzlich aber stand ich auf.
»Wollen wir eine Fahrt mit dem Boot machen?« sagte ich.
Fragend hob er das Gesicht.
»Gern«, antwortete er und richtete sich schon auf. »Nur mußt du wissen, daß ich nicht schwimmen kann.«
»Keine Angst«, erwiderte ich. »Im Notfall rette ich dich.«
Ich ruderte. Als wir etwa hundert Meter vom Ufer entfernt waren, sah ich plötzlich meine Mutter vor der Badeanstalt ›Adele‹.
Sie trug Rock und Bluse und kam gerade von zu Hause. An der rechten Hand hielt sie Fanny, mit der Linken schützte sie ihre Augen vor der Sonne. Da sie uns nicht unter dem Sonnenschirm gesehen hatte, war ihr sofort klar gewesen, daß wir draußen, auf dem Wasser, sein mußten. Nun überlegte sie, wo wir sein könnten.

»Uhu!« rief ich.
Ich hatte ein Ruder losgelassen und schwenkte den Arm über dem Kopf hin und her.
»Uhu!« rief sie zurück.
»Wer ist das? Deine Mutter?« fragte Luciano und suchte sie mit dem Blick.
Ich antwortete nicht. Ich ruderte wieder mit aller Kraft und hielt dabei den Blick auf meine Mutter gerichtet, die jetzt beruhigt auf unsere Badekabine zuging. Sie war nun ganz klein geworden. Wenn sie in Kürze die Kabine in ihrem hübschen Jantzen aus blauer Wolle wieder verließ, würde sie nur noch ein kaum wahrnehmbarer Punkt sein, und sobald wir draußen waren, auf offener See, würden wir sie überhaupt nicht mehr sehen können.
Als wir uns ungefähr einen Kilometer vom Ufer entfernt hatten, stieg ich auf die Ruderbank und tauchte mit einem Kopfsprung ins Wasser. Allein geblieben in dem schlingernden und stampfenden Auslegerboot, ließ sich Luciano für einen Augenblick vom Instinkt der Selbsterhaltung überwältigen. Er klammerte sich an die Ruderbank, als fürchtete er, sie könne unter ihm versinken. Bald aber beruhigte er sich. Ja, während ich um das Boot herumschwamm, bemerkte ich, daß er aufmerksam meinen Bewegungen im Wasser folgte und mich bewunderte.
»Du kamst mir wie ein Motorboot vor«, sagte er, als ich wieder im Boot war. »Wie heißt dieser Schwimmstil?«
»›Crawl‹«, erwiderte ich keuchend.
»Was heißt das? Kommt es aus Amerika?«

»Von Hawai.«
»Was du nicht sagst!« rief er begeistert. »Vorige Woche war ich im Binnenhafen und habe beim Wettschwimmen zugesehen. Niemand ist wie du geschwommen. Alle haben mit ihren Füßen diesen vielen Schaum gemacht. Ist es schwer zu lernen, dieses ›Crawl‹?«
»Nicht sehr. Es hängt alles von der Atmung ab. Bei jedem dritten Schlag mit den Füßen muß man daran denken, den Kopf hochzunehmen. Tà-ta-ta, tà-ta-ta. Am Anfang ist es natürlich ein bißchen schwierig. Aber nach ein, zwei Wochen Übung macht man es automatisch.«
»Und wer hat es dir beigebracht?«
»Einer von den Sassòlis; der älteste, Sergio.«
»Vielleicht ist es leicht«, seufzte er. »Aber ich würde in zehn Jahren nicht lernen, wie ihr zu schwimmen.«
Ich hatte inzwischen wieder zu rudern begonnen. Aber statt aufs Land zuzuhalten, fuhr ich immer weiter aufs Meer hinaus.
»Und jetzt?« fragte Luciano melancholisch. »Kehren wir nicht um?«
»Bei dieser See«, antwortete ich, »lohnt es sich, bis zu den nächsten Fischerbarken zu rudern. Schau, da«, fuhr ich fort und wies mit dem Kinn auf zwei der vier Barken, die ich vom Strand aus gesehen hatte und die jetzt höchstens einen halben Kilometer von uns entfernt waren. »Wenn wir gerade dazukommen, wie sie die Netze hochziehen, schenken sie uns vielleicht etwas Fisch für eine Fischsuppe. Aber davon abgesehen: siehst du nicht, wie schön es ist?«
Und es war auch wirklich schön. Soweit ich mich zu-

rückerinnerte an vergangene Sommer — ein so ruhiges, glattes Meer (wir schienen weniger auf dem Wasser zu schwimmen als vielmehr zu fliegen, als sacht durch die Luft zu gleiten) hatte ich noch nie gesehen. Man konnte bis auf den Grund sehen, zehn Meter tief unter uns. Es war ein weicher Boden, von zarten Streifen gemustert, ähnlich wie ein Gaumen. Das weit zurückliegende Ufer mit den blauen Bergen dahinter war nur noch eine unbestimmte, verschwimmende Linie.

Auf dieses ferne, immer weiter zurückweichende Ufer blickte jetzt Luciano. Er hatte mir den Rücken zugekehrt. Schweigend, ganz mit seinen Gedanken beschäftigt, schien er mich völlig vergessen zu haben.

Ich beobachtete ihn. Und plötzlich überlief mich in dieser von keinem Hauch bewegten, glühenden Luft ein merkwürdiger Kälteschauder. Ich wußte nicht, was es war, aber ich spürte ein Unbehagen, als wäre ich auf einmal von etwas ausgeschlossen worden und gerade wegen dieses neidischen, armseligen kleinen Wichts ... Und wenn ich es ihm nun sagen würde, überlegte ich und blickte, mit der Versuchung kämpfend, auf diesen Rücken eines einsamen orientalischen Asketen, den die Sonne bereits an den Schulterblättern rötete. Wenn ich seine soeben am Strand gemachte Aufforderung nun annähme und mich dazu entschloß, mich und ihn rücksichtslos vor die Wahrheit, die *ganze* Wahrheit, zu stellen?

Der Wind von der See her würde frühestens in einer Stunde beginnen, die Wasserfläche zu kräuseln. Wenn ich also wollte — an Zeit würde es mir nicht fehlen.

Aber noch im gleichen Augenblick, in dem ich mich

vor diesem kläglichen nackten Rücken – rein, mit einemmal unberührbar in seiner Einsamkeit – solchen Gedanken überließ, mußte bereits etwas in mir sagen, daß zwar Luciano Pulga gewiß imstande war, der ganzen Wahrheit ins Gesicht zu sehen, nicht aber ich. Schwerfällig im Begreifen, unfähig zu einer einzigen Geste, einem einzigen Wort, der Sklave meiner Feigheit und meines Grolls, blieb ich wie immer der kleine, ohnmächtige Theatermörder. Und weder jetzt noch später würde ich jemals die Kraft und den Mut in mir finden, um die Tür, hinter der ich mich wieder einmal verbarg (vor Luciano und meiner Mutter zugleich verbarg), aufzureißen.

Giorgio Bassani

Die Brille mit dem Goldrand
Erzählung. Aus dem Italienischen von Herbert Schlüter.
106 Seiten. Serie Piper 417

Ferrareser Geschichten
Aus dem Italienischen von Herbert Schlüter.
250 Seiten. Serie Piper 430

Die Gärten der Finzi-Contini
Roman. Aus dem Italienischen von Herbert Schlüter.
358 Seiten. Serie Piper 314

Der Geruch von Heu
Aus dem Italienischen von Herbert Schlüter.
174 Seiten. Serie Piper 693

Hinter der Tür
Roman. Aus dem Italienischen von Herbert Schlüter.
174 Seiten. Serie Piper 386

Der Reiher
Roman. Aus dem Italienischen von Herbert Schlüter.
240 Seiten. Serie Piper 630

PIPER
Piper 48/3

Pipers Italienische Bibliothek

Giorgio Bassani
Die Gärten der Finzi-Contini
Roman. Aus dem Italienischen von Herbert Schlüter. 358 Seiten. Leinen

Giacomo Casanova
Das Duell
Novelle. Aus dem Italienischen von Hartmut Scheible. 144 Seiten. Leinen

Carlo Fruttero & Franco Lucentini
Die Sonntagsfrau
Roman. Aus dem Italienischen von Herbert Schlüter. 527 Seiten. Leinen

Carlo Emilio Gadda
Die gräßliche Bescherung in der Via Merulana
Roman. Aus dem Italienischen von Toni Kienlechner. 410 Seiten. Leinen

Eugenio Montale
Die Straußenfeder
Ausgewählte Prosa. Auswahl, Übersetzung und Nachwort von Alice Vollenweider. 146 Seiten. Leinen

Elsa Morante
La Storia
Roman. Aus dem Italienischen von Hannelise Hinderberger. 631 Seiten. Leinen

Pier Paolo Pasolini
Vita Violenta
Roman. Aus dem Italienischen von Gur Bland. 444 Seiten. Leinen

Giuseppe Tomasi di Lampedusa
Der Leopard
Roman. Aus dem Italienischen von Charlotte Birnbaum. 338 Seiten. Leinen

Federigo Tozzi
Erinnerungen eines Angestellten
Roman. Aus dem Italienischen von Klaus Bochmann. 86 Seiten. Leinen

Giovanni Verga
Mastro-Don Gesualdo
Roman. Mit einem Nachwort von Marianello Marianelli.
Aus dem Italienischen von Marlis Ingenmey. 414 Seiten. Leinen

Piper 76/1 a